庫NV
〈NV1337〉

ファイト・クラブ
〔新版〕

チャック・パラニューク
池田真紀子訳

早川書房
7536

FIGHT CLUB
by
Chuck Palahniuk

Translated by
Makiko Ikeda
Published 2022 in Japan by
HAYAKAWA PUBLISHING, INC.
This book is published in Japan by
arrangement with
ICM PARTNERS
acting in association with CURTIS BROWN GROUP LIMITED
through TUTTLE-MORI AGENCY, INC., TOKYO.

ぼくの非行の数々に目をつぶり続けてくれている
キャロル・ミーダーに

次に挙げる人々に感謝の気持ちを捧げたい。生きているとと起きるいろんな災難を越えて、どんなときもぼくを愛し、支えてくれている。

イナ・ゲバート
ジェフ・プリート
マイク・キーフ
マイケル・ヴァーン・スミス
スージー・ヴィテッロ
トム・スパンバウアー
ジェラルド・ハワード
エドワード・ヒバート
ゴードン・グローデン
デニス・ストーヴァル
リニー・ストーヴァル
ケン・フォスター
モニカ・ドレーク
フレッド・パラニューク

ファイト・クラブ

〔新版〕

1

タイラーはぼくにウェイターの仕事を紹介し、それからぼくの口に銃口を突っこんで、永遠の命が欲しいならまずは死ぬことだと言った。タイラーとぼくは旧知の間柄だ。おまえはタイラー・ダーデンと知り合いか、ぼくは始終そう訊かれている。

ぼくの喉の奥に銃口を食いこませて、タイラーは言う。「心配するな、おれたちは死なない」

銃身に開けた消音孔が舌に触れる。銃声の大部分は気体が膨張する音だ。それに、超音速で飛ぶ銃弾の衝撃波音もある。サイレンサーを作りたいなら、銃身にたくさん孔《あな》を穿《うが》てばいい。孔が気体の逃げ道となって、銃弾は音速以下で発射される。

孔の開け方を誤ると、手が吹き飛ぶ。

「これは本物の死じゃない」タイラーが言う。「おれたちは伝説になるんだ。いまの年齢《とし》のまま永遠に生きる」

ぼくは舌で銃身を頰によけて言う。タイラー、それじゃまるきりバンパイアだ。

ぼくらが立っているビルは十分後には消滅する。濃度九八パーセントの発煙硝酸を三倍量の硫酸に加える。氷水で冷やしながら加える。次にグリセリンを点眼器で一滴ずつ落とす。ニトログリセリンができる。

ぼくがそれを知っているのは、タイラーが知っているからだ。

ニトロとおがくずを混ぜれば、りっぱなプラスチック爆薬ができる。脱脂綿にニトロを混ぜ、硫酸マグネシウムとしてエプソムソルトを加える連中も多い。この製法も有効だ。ニトロとパラフィンを混ぜ合わせて使う輩《やから》もいる。ぼくがパラフィンを使ってうまくいったためしはない。

というわけでタイラーとぼくはパーカー＝モリス・ビルの屋上でぼくの口に銃口を突っこみ、ガラスが割れる音に耳を澄ましている。屋上の縁《へり》から下をのぞいてみるといい。この高度でも空は曇っている。これは世界一高いビルで、この高度では風はいつも冷たい。この高度ではひどく静かで、宇宙に打ち上げられたサルの気分だ。訓練どおりに繰り返すのみ。

レバーを引く。

ボタンを押す。

意味もわからないまま繰り返し、死んで任務を終える。

地上百九十一階の屋上の縁から身を乗り出すと、足を止めてこっちを見上げる群衆で、通りはまだら模様の毛足の長いカーペットを置いたみたいに見える。砕け散るガラスは、このすぐ下の窓だ。ビルの壁面から窓が吹き飛び、続いてぼくらの足もとの断崖絶壁から黒い冷蔵庫サイズの抽斗《ひきだし》八段つきのファイルキャビネットが投げ出され、ゆっくりと回転しながら落ち、次第に小さくなりながら落ちて、まもなく通りを埋めた人々の中に落ちて見えなくなる。

ぼくらの足の下にある百九十一フロアのどこかで騒乱プロジェクト悪ふざけコミッティ所属のスペース・モンキーどもが暴れ回り、歴史を最後の一片まで破壊している。

昔から、愛は憎しみと紙一重と言うだろう。見ろよ、逆もまた真なりだ。

銃口を口に突っこまれて銃身を噛んでいると、母音しか発音できない。

ぼくらに残された時間は十分。

また一枚、窓が吹き飛び、砕けた破片が鳩の群れみたいに光を反射しながら散っていき、悪ふざけコミッティの手で押し出された暗い木目のデスクがビルの壁面からじりじりと現われ、ついには傾き、滑り、回転する魔法の飛行物体になって群衆に呑みこまれる。

パーカー－モリス・ビルは九分後に破壊される。柱基礎に必要量の爆発性ゼラチンを巻きつければ、地球上のどんなビルでも倒壊させられる。ただし、爆風が柱を取り巻く駐車場ではなく、柱そのものに集中するように、砂袋でしっかり固めておかなくてはいけない。

　こういったハウツーは、歴史の教科書を見ても書いていない。

　ナパームの三製法。その一、等量のガソリンと冷凍濃縮オレンジジュースを混ぜ合わせる。その二、等量のガソリンとダイエット・コーラを混ぜ合わせる。その三、猫砂を砕き、粘りが出るまでガソリンで溶く。

　神経ガスの作り方なら訊いてくれ。威力抜群の自動車爆弾の作り方も。

　あと九分。

　パーカー＝モリス・ビルは倒壊する。百九十一フロアのすべてが。森の奥で大木が倒れるように、ゆっくりと。気をつけろ、倒れるぞ！　どんなものだって倒せる。ぼくらが立っているこの場所がじきに空の一点にしかすぎなくなると思うと、なんだか不思議だ。

　タイラーとぼくは屋上の縁に立ち、銃口はぼくの口に突っこまれ、ぼくはこの銃は清潔だろうかと考えている。

　二人ともタイラーの殺人／自殺計画は完全に忘れ、ファイルキャビネットがまた一つビルの壁面から落ちていくのを見つめている。空中で抽斗がするりと開き、大量の白い紙片が上昇気流にさらわれてどこかへ運ばれていく。

　八分。

次は煙だ。破れた窓から煙がたなびき始める。ざっと八分後に爆破チームが起爆薬に点火するだろう。起爆薬は添装薬を炸裂させ、柱基礎は崩壊し、パーカー＝モリス・ビル倒壊の一部始終を記録した連続写真は、すべての歴史教科書に載ることになる。

五枚一組のタイムラプス写真だ。まずは在りし日のビルの姿。二枚目では、ビルは八〇度に傾いている。次は七〇度。四枚目では四五度に傾き、骨格がたわんで高層ビルは微妙に弧を描き始めている。最後の一枚で、百九十一フロアのすべてがタイラーの真のターゲットである国立博物館の上に叩きつけられる。

「いまやこの世界はおれたちのものだ、全世界がおれたちのものだ」タイラーが言う。「古代人どもは全滅だ」

この結末を知っていたら、死んで天国にいるほうがよほど幸せだっただろう。

七分。

パーカー＝モリス・ビルの屋上でタイラーの銃を口にくわえている。デスクやファイルキャビネットやコンピューターの流星がビルを囲んでいる群衆めがけて落ちていき、割れた窓から煙がたなびいて、三ブロック先に待機する爆破チームは時計の針を目で追っている。そしてぼくは知っている——銃も、混乱も、爆発も、本当は何もかもマーラ・シンガーが発端だ。

六分。

要するに三角関係の結果だ。ぼくはタイラーが欲しい。タイラーはマーラが欲しい。マーラはぼくが欲しい。

ぼくはマーラはいらないし、タイラーはいまとなってはぼくを厄介払いしたがっている。慈しみに通じる種類の愛ではない。支配を求める所有欲だ。

マーラを失えば、タイラーには何も残らない。

五分。

ぼくらは伝説になるのかもしれないし、ならないのかもしれない。やめろ、とぼくは言う。待てよ、とぼくは言う。

誰も福音を書き残さなかったとしたら、キリストは人類の記憶に残っているだろうか。

四分。

ぼくは舌で銃身を頬によけて言う。伝説になりたいなら、タイラー、ぼくが伝説にしてやるよ。最初にここにいたのはぼくなんだ。

ぼくは何もかも記憶している。

残り三分。

2

　ボブの太い腕がぼくの体をひしとかき抱き、ぼくは人類が想像する神のと同じくらい馬鹿でかいボブの新しい乳房の、うっすらと汗が浮いた暗い谷間に押しこめられていた。集会が開かれるたび、教会の地下室をびっしりと埋めた男たちが一人ずつ場に紹介される。はじめましてアート、はじめましてポール、はじめましてボブ。ボブの広い肩幅は地平線を思わせた。ボブの豊かなブロンドの髪は、やけにふさふさして、やけにブロンドで、やけに分け目がまっすぐで、ヘアクリームがスカルプティングムースと改名すると出現する類《たぐい》のものだった。

　ボブはぼくに両腕を巻きつけ、ぼくの後頭部にてのひらを当てて、樽みたいにふくらんだ胸にできたばかりの乳房にぼくの顔を押しつけていた。

「きっと治る」ボブが言う。「さあ、泣いちまえよ」

　ボブの体内で化学反応が起きて食物や酸素が燃焼する気配が、ぼくの膝から額にかけて伝わってくる。

「手遅れになる前に切除できたと思うことにしよう」ボブが言う。「ただの精上皮腫かもしれない。精上皮腫なら、生存率はほぼ一〇〇パーセントだろう?」

ボブが長く息を吸いこんで肩が持ち上がり、次にむせび泣いて肩が落ち、落ち、落ちた。持ち上がる。落ちる、落ちる、落ちる。

ぼくは二年前から毎週この集会に通っていて、ボブは毎週ぼくを抱き締め、ぼくは泣く。

「さあ、泣くといい」ボブが言い、息を吸い、むせび、むせび、むせんだ。「我慢しないで泣いちまえ」

涙に濡れた大きな顔がぼくの頭頂部に押し当てられ、ぼくの意識は遠のく。いつもここで泣く。何を成し遂げようが結局は無駄だと悟ったあと、誰かの腕に抱き寄せられ、窒息しそうな暗闇に閉じこめられたら、すぐにだって泣ける。何に誇りを抱こうと、それはいつかごみ箱行きになる。

そしてぼくの意識は遠ざかる。

こうしてぼくは、一週間ぶりに睡眠らしきものに近づく。

こうしてぼくは、マーラ・シンガーと知り合った。

ボブが泣くのは、半年前、睾丸を切除したからだ。その後、ホルモン療法を受けているからだ。そしてボブに乳房ができたのは、テストステロンが増えすぎたせいだ。テストステロンを増やしすぎると、体はエストロゲンを分泌してホルモンバランスを保とうとする。

ここでぼくが泣くのは、いまこの瞬間、人生は無に行き着くからだ。無を通り越して、忘却のかなたに消えるからだ。

エストロゲンが多すぎると、ビッチのおっぱいが出現する。

愛する人間がすべていつか自分を拒絶し、あるいは死ぬのだと悟ったとき、泣くのは簡単だ。長期的に見たら、誰の生存率もゼロになる。

ボブがぼくを愛するのは、ぼくも睾丸を切除されたと思っているからだ。

リサイクルショップで買った格子縞のソファが並ぶトリニティ監督教会の地下室には、およそ二十人の男とたった一人の女がいて、二人一組で抱き合い、大部分が泣いている。レスラーが組み合うように前かがみになり、互いに耳を押しつけ合って抱き合う組もいる。

唯一の女と組んだ男は、女の両肩に片方ずつ肘を載せ、両手で女の頭を包み、女のうなじに額を押し当てて泣いている。女は顔を背け、指でつまんだ煙草を持ち上げる。

ぼくはビッグ・ボブの腋の下から盗み見る。

「これだけ生きてもまだ」ボブが涙声で嘆く。「自分がなぜ何かをするのか、おれにはわからない」

精巣ガン患者互助グループ〝ともに男であり続けよう会〟のただ一人の女性参加者は、赤の他人の重荷の下から煙草を吹かす。女とぼくの視線が交差する。

詐病。

詐病。

詐病のくせに。

短く切った艶のない黒髪、日本のアニメのキャラクターじみた大きな目、壁紙みたいな暗い色味のバラ模様のワンピースに身を包んだ、スキムミルクみたいに脂肪がなくて、バターミルクみたいに血色の悪い女。この女なら、金曜の夜の結核患者互助グループの集会でも見かけた。水曜の夜の黒色腫患者互助グループではテーブルにいた。月曜の夜は白血病患者互助グループ〝ファーム・ビリーバーズ〟の集会に来ていた。頭頂部の髪の分け目はぎざぎざで、真っ白な頭皮で描いた稲妻みたいだ。

この種の互助グループを探してみると、たいがい漠然と前向きな名前がついている。木曜の夜の住血寄生虫感染症患者の互助グループは、〝フリー&クリア〟と命名されている。住脳寄生虫感染症患者の互助グループは、〝アバヴ&ビヨンド〟だ。

そして、日曜の午後にトリニティ監督教会の地下室で開かれる〝ともに男であり続けよう会〟の集会に、その女はまたもや来ていた。

ただ来ているだけならまだしも、その女に見られながらではぼくは泣けない。

希望を失ったビッグ・ボブと抱き合って泣く時間が好きで来ているのに。誰しもつねに神経を張りつめて過ごしている。ここは唯一ぼくが心からくつろぎ、感情に身を任せられる場所なのに。

ぼくの休息の時間なのに。

初めて互助グループに参加したのは二年前、またしても不眠症を医者に相談をした直後だった。

三週間、眠っていなかった。眠らずに三週間過ごすと、日常のすべてが幽体離脱体験になる。医者はこう言った。「不眠症はより深刻な病気の症状の一つにすぎない。本当に悪いのはどこか見きわめるのが先だ。自分の体の声に耳を傾けなさい」

ぼくはただ眠りたかった。二〇〇ミリグラムサイズのちっちゃな青いアミタールのカプセルが欲しかった。赤と青のツイナールの銃弾形カプセル、口紅みたいに真っ赤なセコナールが欲しかった。

医者はバレリアンルートでも噛んで、もっと体を動かしなさいと言った。疲れればそのうち眠れると言った。

傷んだ果物みたいに青黒くひしゃげたぼくの顔を見たら、誰だってこいつは死んでいると思っただろう。

医者は、本物の苦痛がどんなものか知りたいなら、火曜の晩にファースト・ユーカリスト教会に行ってみるといいと言った。住脳寄生虫感染症患者を見てみるといい。変形性骨疾患患者を。器質性脳障害患者を。ガン患者がその日その日を生きている姿を目の当たりにするといい。

そこでぼくは出かけた。

初めて参加した集会で、参加者の紹介が行なわれた。こちらはアリス。こちらはブレンダ。こちらはドーヴァー。目に見えない銃を頭に突きつけられた全員が微笑む。

集会で、ぼくは絶対に本名を名乗らない。

パンツの尻が悲しくむなしく垂れたクロエという名の哀れな骸骨《がいこつ》は、住脳寄生虫感染症の最悪なところは、誰も彼女とセックスをしたがらない点だとぼくに言った。棺桶に片足を突っこみ、生命保険金七万五千ドル全額も精算されたこの期に及んで、クロエの唯一の望みは最後にもう一度セックスすることだ。愛されることじゃない。セックスだ。

だからどうしろと？　こっちはただ困るしかない。

少し疲れやすいなとクロエが感じた日からこの死は始まり、やがて彼女は無気力になって病院にも行かなくなった。だがポルノ映画がある。自宅アパートにポルノ映画を何本も置いている。

フランス革命の時代、投獄された女たち、侯爵夫人だろうが男爵夫人だろうが何だろうが、ともかく女は、押し倒されたら相手かまわずやってたんだってとクロエは言った。ぼくの首筋に彼女の息が吹きかかる。男が上だったり。自分がまたがったり。セックスして暇をつぶしたわけ。

フランス人はオーガズムを〝小さな死〟と呼ぶ。よかったら、自宅にポルノ映画がある。硝酸アミルも。潤滑剤も。平常時なら勃起するところだ。しかし我らがクロエは、黄色い蠟《ろう》に浸した骸骨だ。

クロエの痛々しさの前では、ぼくなんて何でもない。いないも同然だ。それでも、毛足の長いカーペットに円を描いて腰を下ろすとき、クロエの尖った肩はやっぱりぼくの肩を突く。ぼくらは目を閉じる。クロエが誘導瞑想のリード役を務める番で、クロエはぼくらを静穏の庭園に連れて行く。クロエの言葉に導かれてぼくらは丘を登り、七扉の宮殿を目指す。宮殿に入ると、七色の扉が並んでいた。緑の扉、黄色の扉、オレンジの扉。クロエの言葉に誘われて、ぼくらは一つずつ扉を開ける。青の扉、赤の扉、白の扉。そして扉の向こうにあるものを発見する。

目を閉じたまま、苦痛が白い癒《いや》しの光球に姿を変え、足もとから膝へ、腰へ、胸へと浮遊する想像を巡らせた。チャクラが開いていく。心臓のチャクラ。頭のチャクラ。クロエの言葉がぼくらを洞穴に案内し、そこでぼくらは自分の守護動物に出会う。ぼくのはペンギンだった。

洞穴の地面は氷で覆われていて、ペンギンは滑れと言った。ぼくらはトンネルや地下回廊を軽やかに滑り抜けた。

抱擁タイムが来た。

目を開いて。

人と触れ合うことで心を癒やしましょう、とクロエは言う。おのおのパートナーを選ぶ。クロエはぼくの頭を抱き締めて泣いた。自宅にストラップレスの下着を持っているクロエは泣く。潤滑剤や手錠もそろえているクロエは泣き、ぼくは腕時計の秒針が十一周するのを数えた。

二年前、初めての互助グループでは泣かなかった。二つ目でも三つ目でも泣かなかった。住血寄生虫宿主の集会でも、結腸ガンの集会でも、器質性脳障害の集会でも、泣かなかった。

不眠症とはそういうものだ。どんな出来事もはるかかなたで起きる。コピーのコピーのコピー。不眠症的非現実感。何一つ手が届かず、何一つこちらに手が届かない。

そこへボブが現われた。精巣ガンの集会〝ともに男であり続けよう会〟に初めて参加した日、巨漢のボブ、でかパイのボブは、まっすぐぼくに近づいてくると、上からのしかかるようにして体重を預け、泣いた。抱擁タイムになったとたん、ヘラジカみたいにどでかいボブは、腕をだらりと垂らし、肩を丸めて、一直線に突進してきた。巨大ヘラジカの顎を胸に落とし、早くも目の回りをくしゃくしゃにして泣きながら。足を引きずり、膝を震わせて目に見えないステップを踏み、地下室の向こう側から横切ってきて、ぼくに巨体をどさりと預けた。

ぼくをパンケーキみたいにつぶす。

太い腕がぼくをかき抱く。

おれは薬漬けだった、とビッグ・ボブは言った。若くて無知だったボブは筋肉増強剤を摂取しまくった。ディアナボル。それが物足りなくなると、次は競走馬向けのウィンストロル。ビッグ・ボブはジムを持っている。ジムの経営者だ。結婚歴は三度。エクササイズ商品のCMのキャラクターを務めたこともある。テレビで見たことがあるだろう？　いまでは珍しくない胸の筋肉を鍛えるハウツー番組を最初に企画したのはボブだと言ってもいい。

初対面の相手に何から何まで開けっぴろげに打ち明ける人間を前にすると、股間がふにゃりとなる。わかるだろう？

ボブにはわからないらしかった。まだウエボスの片方がだめになっただけだが、それがリスクファクターだということは承知していると話し続けた。切除後のホルモン療法について話し続けた。

テストステロンを過剰に注射するボディビルダーのほぼ全員に、連中が〝ビッチのおっぱい〟と呼ぶ乳房が出現する。

ぼくはウエボスが何だかわからなかった。

ウエボスだよ、とボブは言った。生殖腺。タマ。金タマ。タマタマ。睾丸。ステロイドを買いにメキシコに行くと、メキシコ人は睾丸を〝卵《ウエボス》〟と呼ぶ。

離婚、離婚、離婚。ボブはそう言って、どこかのコンテストでポーズを決めた、Tバックのポージングストラップで股間を隠しただけの巨大な肉体が写った写真、一見したところ全裸と見えるボブが写った写真を札入れから取り出した。他人から見たら滑稽なだけかもしれないが、体脂肪が二パーセント程度になるまで贅肉を削ぎ落とし、利尿剤の作用でコンクリートみたいに冷たく固い肉体を作り上げ、目がくらむようなスポットライトと難聴になりそうなスピーカーのハウリングを全身に浴びながら、ステージ上で恍惚としているところに、「右脚を伸ばし、大腿四頭筋に力を入れて、静止」と審査員が命じる瞬間。

「左腕を伸ばして二頭筋に力を入れて、静止」

現実よりもそっちのほうがいい。

ガンに一直線だった、とボブは言った。やがて破産した。子供が二人いるが、ボブから電話をしてもかけ直してこない。

ビッチのおっぱいを治す方法は、病院に行って胸筋の下を切開し、体液を絞り出してもらうことだ。

ボブがぼくを腕に抱き、上から蓋をするように頭を預けてきたから、そこまでしか覚えていない。次の瞬間、ぼくの意識は暗く静寂に満ちた完全な忘却のかなたへと遠ざかり、ようやくボブの柔らかな胸から顔を上げると、ボブのシャツの前に、涙で濡れた顔型が残っていた。


それが二年前、初めて〝ともに男であり続けよう会〟に参加した夜の出来事だ。

あの晩以来、ほとんど毎回、ビッグ・ボブの腕の中でぼくは泣いた。

それきり医者には行かなかった。バレリアンルートも嚙まなかった。

これこそが自由だ。すべての希望を失うことこそが自由だ。ぼくが黙ってさえいれば、グループのメンバーは最悪の事態を想定する。そしてますます激しく泣く。ぼくもますます激しく泣く。星空を見上げれば、きみという存在は消え失せる。

集会後の帰路、ぼくはかつてないほど生を実感した。ぼくはガン細胞や住血寄生虫の宿主ではない。ぼくは全世界の生命を集める小さくて温かな中心だ。

そしてぼくは眠った。赤ん坊だってこれほど熟睡はしない。

夜ごとにぼくは死に、夜ごとに生まれた。

生き返った。

それも今夜までだ。栄光の二年間は今夜で終わりだ。あの女に観察されていては泣けない。どん底まで落ちなければ、救われることもできない。ぼくの舌は、フロック加工の壁紙を貼られたような気でいる。ぼくは頰の内側をやたらに嚙む。この四日、まったく寝ていない。

あの女に見られていると、ぼくは嘘つきだ。あの女は詐病だ。あの女こそ嘘つきだ。今夜、ぼくらは自己紹介をした。おれはボブ。ぼくはポール。ぼくはテリー。おれはデヴィッド。

ぼくは絶対に本名を名乗らない。

「これ、ガンの集会よね？」女は確かめた。

それから言った。「えっと、どうも、マーラ・シンガーです」

誰もガンの種類をマーラに指摘しなかった。そのあとも、みなそれぞれの内なる子供をあやすのに忙しかった。

男のほうはマーラのうなじで泣き続け、マーラはまた煙草を一服する。

ボブの震える乳房の谷間から、ぼくはマーラを観察する。

マーラから見れば、ぼくは詐病だ。二度目に会った夜から、ぼくは眠れない。でも最初の詐病患者はぼくのはずだ。この場の全員が、あのヘラジカ級の巨漢ビッグ・ボブを含めた全員が病気や咳や腫瘍に関して嘘をついているというのでもないかぎり。でかパイのボブ。見ろよ、あのスカルプティングムースでみごとにスタイリングされた髪。

マーラは煙草を吹かし、目玉をぎょろりと回した。

その一瞬、マーラの嘘がぼくの嘘を反射し、ぼくの視界は嘘で埋め尽くされる。ここにいる全員のど真ん中で。誰もが身を寄せ合い、死との正面衝突が間近に迫り、銃口が喉の奥まで差しこまれているという最悪の恐怖を思い切って打ち明けている。しかし、マーラは煙草を吹かしながらぎょろりと日を回し、ぼくは泣きじゃくるカーペットに押しつぶされそうになっていて、そして突然、死や死ぬことさえも造花を延々映したつまらないビデオと同等レベルに格下がる。

「ボブ」ぼくは言う。「苦しいよ」初めはささやこうとするが、そのうち声がでかくなる。「ボブ」小さな声で伝えようとするが、そのうちぼくはわめいている。「ボブ、トイレに行きたいんだ」

トイレのシンクの上に鏡がある。これまでのパターンで行くと、住脳寄生虫感染症の〝アバヴ&ビヨンド〟でもマーラ・シンガーに会うことになる。マーラは現われるだろう。決まっている。そこでマーラの隣の席に座ろうと決めた。参加者の紹介が済み、誘導瞑想で七扉の宮殿を訪れ、白い癒しの光球を想像し、各々のチャクラが開かれたあと、抱擁タイムになったら、あのいけすかない女を相手に選ぶ。

マーラの腕が体の脇にぴたりと押しつけられ、ぼくの唇がマーラの耳に押しつけられたところで、ぼくは言う。マーラ、大嘘つきのマーラ。そっちがあきらめろよ。

これはぼくの人生でただ一つリアルなものなんだ。それをぶち壊すな。

根無し草め。

次に顔を合わせたら、ぼくは言う。マーラ、きみがいるとぼくは眠れない。ぼくにはこれが必要なんだ。消えてくれ。

3

目を覚ますとそこはエア・ハーバー国際空港だ。

離陸と着陸のたび、飛行機が片側に傾き過ぎると、いっそこのまま墜ちてくれとぼくは祈った。パイプ代わりの機体に詰められた人間煙草として哀れ命を落とすその瞬間、ぼくの睡眠発作を伴う不眠症は治癒するだろう。

こうしてぼくはタイラー・ダーデンに出会った。

目を覚ますとそこはオヘア空港だ。

目を覚ますとそこはラガーディア空港だ。

目を覚ますとそこはローガン空港だ。

タイラーの仕事はパートタイムの映写技師だ。生まれつきの夜型だから、夜勤しかできない。映写技師から病欠の連絡があると、映写技師組合はタイラーに電話をよこす。

世の中には夜型の人間がいる。昼型の人間もいる。ぼくは昼間の仕事しか勤まらない。

目を覚ますとそこはダレス空港だ。

出張中に死ぬと、通常の三倍の死亡保険金が下りる。ぼくはウィンドシア効果を願った。ペリカンの群れがタービンエンジンに吸いこまれますように、緩んだボルトや氷片が主翼に衝突しますようにと祈った。飛行機が滑走路を進んでフラップが立ち上がり、座席は直立の状態に起こされ、テーブルは折り畳まれ、機内持ちこみ手荷物は残らず頭上の手荷物入れにしまいこまれ、煙草はもみ消されて、滑走路の終点が猛スピードで接近してくる離陸の瞬間、ぼくは事故よ起きろと祈った。

目を覚ますとそこはラブ・フィールド空港だ。

映画館が古いと、タイラーは映写室でリールの切り替えもする。切り替えが必要な場合、映写室には映写機が二台並び、映写機は片方だけ回っている。

ぼくがそれを知っているのは、タイラーが知っているからだ。

二台目の映写機では次のリールが待機している。ほとんどの映画は六巻から七巻のリールを決まった順序で映写する。新しい映画館では、全リールをつないで五フィートリール一巻にまとめる。こうしておけば、二台の映写機を稼働させ、リール1、スイッチオン、リール2を第二映写機にセット、スイッチオン、リール3を第一映写機にセットと、交互にスイッチを操作しながら切り替える必要はない。

切り替え。

目を覚ますとそこはシータック空港だ。

飛行機の座席に備え付けのラミネート加工された手引きを熟視する。波間に女が浮いている。褐色の髪が扇みたいに広がり、女は座席のクッションを胸にひしと抱いている。両目を見開いているが、微笑んでも顔をしかめてもいない。別の絵では、シートに座った人々が、ヒンドゥー教の聖牛みたいに落ち着き払った表情で、天井から飛び出した酸素マスクに手を伸ばしている。

非常事態のようだが。

え、ほんとに？

客室の気圧がゼロになった。

え、ほんとに？

目を覚ますとそこはウィローラン空港だ。

旧式の映画館でも新式の映画館でも、次の映画館へフィルムを送るときは、タイラーはつなげたフィルムを元のとおりに六巻や七巻のリールに戻さなくてはならない。小さなリールは六角形のスチール製スーツケース二個に納める。ケースの上部にはハンドルがついている。一つを持ち上げただけで、肩を脱臼する。それくらい重い。

タイラーはダウンタウンにあるホテルの宴会場のウェイターで、タイラーは映写技師組合に所属する映写技師だ。ぼくが夜も眠れずにいたあいだのいつ、タイラーがそういった仕事を始めたのか、ぼくは知らない。

一本の映画を上映するのに二台の映写機を使う旧式の映画館では、一つのリールの終わりと次のリールの始まりの空白が観客に見えないよう、映写技師はそばでじっと待機して一瞬の狂いもなく映写機を切り替えなくてはならない。スクリーンの右上の隅に白い点が現われるのをひたすら待つ。白点が合図だ。映画を観ていると、リールの終わりに点が二つ閃《ひらめ》くはずだ。

業界では〝煙草の焼け焦げ〟と呼ぶ。

最初の白点は二分前の合図だ。二台目の映写機のスイッチを入れて所定の回転数まで上げておく。

二つ目の白点は五秒前の合図だ。緊張。技師は二台の映写機に挟まれて立ち、映写室は、まともに見たら失明するキセノン電球の熱で汗をかいている。最初の白点がスクリーンに閃く。スクリーンの裏に据えつけられた大型スピーカーから映画の音が轟《とどろ》いている。映写室は防音設計だ。映写室内では、一秒に六フィート、一フィートに十フレーム、一秒に六十フレームのフィルムをレンズの前に送り出すスプロケットが、ガトリング機関銃を連射しているみたいな乾いたやかましい音をつねに立てているからだ。二台の映写機が回るなか、技師は各々のシャッターレバーに手をかけてその間に立つ。年代物の映写機なら、繰り出しリールの軸受けにアラームがついている。

テレビで映画を放映するときも、合図の白点は焼かれたままだ。機内の映画でもそのままだ。

巻き取りリールにフィルムの大部分が移動してしまうと、巻き取りリールの回転は遅くなり、繰り出しリールの回転は反対に速くなる。リールの終わりが近づいて繰り出しリールの回転が上がると、アラームがやかましく鳴り始めて、切り替えが近いことを知らせる。映写機内部の電球が暗闇を熱し、アラームが鳴り響く。二台の映写機の間に立ってそれぞれの手をレバーにかけ、スクリーンの片隅を凝視する。二つ目の白点が閃く。五つ数える。片方の映写機のシャッターを閉じる。同時にもう一方のシャッターを開く。

切り替え完了。

映画は続く。

観客の誰一人、そんなこととは露知《つゆし》らず。

繰り出しリールにアラームがついているから、映写技師は居眠りしていても平気だ。映写技師は、してはならないことばかりしている。しかし、どこの映写機もかならずアラームを備えているとはかぎらない。家で眠っていても、映写室でうたた寝をして切り替えをしそこなったのではと、暗い寝室で跳ね起きたりもする。切り替えをしそこねたら、観客席から罵声があがるだろう。観客は映画が見せる夢をぶち壊され、映画館の支配人はさっそく組合に電話をかけるだろう。

目を覚ますとそこはクリッシー・フィールド空港だ。

旅の魅力は、行く先々に用意されているミニチュア生活だ。ホテルでは、使い切りの石鹸、使い切りのシャンプー、使い切りのバター、使い切りのマウスウォッシュに使い捨ての歯ブラシがある。飛行機の座席には縮こまって座る。まるで巨人だ。しかし困ったことに、肩が広すぎる。脚は不思議の国のアリスみたいに何キロも先まで伸びて、前の座席の乗客の足に届いてしまう。食事の時間になれば、乗客を忙しくさせておこうという目論みか、チキンのコルドンブルー風ＤＩＹキット、組み立て式ミニチュア・ディナーが運ばれてくる。

パイロットがシートベルトサインを点灯し、お客様におかれましてはお席を離れぬようお願い申し上げますとアナウンスが流れる。

目を覚ますとそこはメイグズ・フィールド空港だ。

タイラーが目を覚ますとそこは暗闇で、映写機の切り替えをしそこねたんじゃないか、フィルムがちぎれたんじゃないか、映写機の中でフィルムがずれて、スプロケットがサウンドトラックに着々と孔を開けているんじゃないかとパニックに陥ることがある。

スプロケットがフィルムに孔を開けてしまうと、電球の光がサウンドトラックに当たり、強烈な光が孔を通過するたび、台詞の代わりにばしっぱしっぱしっというヘリコプターのブレードが空を切るような音が轟く。

そのほかに映写技師がしてはならないこと――タイラーは見せ場を一コマ、フィルムから切り取ってスライドを作る。人々の記憶にあるかぎり、最初のオールヌードシーンを演じた女優はアンジー・ディキンソンだ。

その映画のフィルムが西海岸の劇場から東海岸の劇場へ送られるころには、ヌードシーンは消えていた。ある映写技師が一コマ切り取り、次の映写技師も一コマ切り取った。誰もが全裸のアンジー・ディキンソンのスライドを手元に置きたかった。映画館がポルノ映画を上映するようになると、映写技師の中には一大コレクションを作り上げる者も現われた。

目を覚ますとそこはボーイング・フィールド空港だ。

目を覚ますとそこはロサンゼルス国際空港だ。

今夜のフライトは空席が多いため、ご自由に肘掛を畳み、体を伸ばしてお休みください。三から四座席を使い、膝を曲げ、腰を曲げ、肘を曲げ、ジグザグになって横たわる。腕時計を二時間遅らせ、あるいは三時間進ませ、太平洋標準時、山岳部標準時、中部標準時、あるいは東部標準時に合わせる。

それが人生だ。そして、人生は刻一刻と終わりに近づいている。

目を覚ますとそこはクリーブランド・ホプキンス空港だ。

目を覚ますとふたたびシータック空港だ。

映写技師だとして、しかも疲れ、不満を抱えていたりすると、しかし主な動機としては退屈しのぎに、ほかの映写技師が映写室にこっそり隠しておいたポルノ映画のコレクションからスライドを失敬し、前後に動く充血したペニスや大きく口を開けた濡れ濡れのヴァギナのクローズアップのコマを、別の看板映画のフィルムに紛れこませたりするようになる。

動物が主役のアドベンチャー映画で、旅行中の家族に置き去りにされたペットの犬と猫が我が家めざして旅をするはめに陥る。三巻目のリールの、互いに人間の声でしゃべる犬と猫が空腹のあまりごみをあさって腹を満たした直後、勃起したペニスが一瞬、大写しになる。

タイラーはそういうことをする。

フィルムの一コマがスクリーンに映写される時間は六十分の一秒。一秒を六十等分した時間だ。ペニスが映る時間も同じ。ポップコーン片手の観客の頭上に、ぬらりと赤く光る男性器が四階建てのビルと同じ高さにそびえ立ち、しかし誰の目もそれを認識していない。

目を覚ますとふたたびローガン空港だ。

こんな旅、反吐《へど》が出る。ボスは自分が出席したくない会議を人に押しつける。それくらい察してるさ。覚えてろよ。

行く先々でのぼくの役割は公式を適用することだ。ぼくは決して秘密を漏らさない。簡単な算数だ。

文章題だ。

ぼくの会社が製造した新型車がシカゴを出発し、時速一〇〇キロで西へ向かう途中でリアのディファレンシャルが焼きつき、衝突炎上して乗員全員が死亡した場合、ぼくの会社はその車種のリコールを実施するか。

市場に流通している車輛数（A）に、推定される欠陥発生率（B）をかけ、さらに一件当たりの平均示談解決額（C）をかける。

A×B×C＝X。このXがリコールを実施しない場合のコストだ。

Xがリコールのコストを上回れば、会社はその車種をリコールし、誰も死なずに済む。

Xがリコールのコストを下回れば、会社はリコールを申請しない。

行く先々で、焼け焦げてぺしゃんこになった車の残骸がぼくを待っている。ぼくは公表できない秘密を全部把握している。終身雇用は保証されているようなものだ。

ホテル暮らし、レストランの食事。行く先々で、ローガン空港からクリッシー・フィールド空港まで、あるいはウィローラン空港まで隣り合わせた乗客との間に、ぼくは使い切りの友情を育む。

職業はリコール・コーディネーターです。ぼくは隣のシートの使い捨ての友にそう打ち明ける。ただし皿洗い係としての未来へ着々と歩を進めています。

目を覚ますとふたたびオヘア空港だ。

タイラーはそれ以来、あらゆる映画にペニスのコマを挿入した。たいがいは男性器のクローズアップ。場合によっては、四階建てのビルほどの高さにそびえる、呼べばこだまが返ってきそうなグランドキャニオン・サイズの脈打ちひくつく女性器が、観客の目前、シンデレラが王子と踊るシーンで大写しになる。苦情はなかった。観客は大いに楽しむ。しかしやがて楽しい夜は一変する。吐き気を催したり、泣きだしたりするが、それがなぜなのかは誰にもわからない。タイラーの不品行の現場を押さえられるのはハチドリくらいのものだろう。

目を覚ますとそこはケネディ国際空港だ。

着陸のとき、片方の車輪が滑走路にどすんと下りたあと、飛行機がバランスを保とうか傾こうかほんの少しだけ迷う瞬間、ぼくは恐怖に身をすくませ、同時に期待に胸を膨らませる。その瞬間、ほかのことは何も気にならなくなる。星空を見上げれば、きみという存在は消え失せる。荷物なんかどうだっていい。何もかもどうだっていい。息が臭くたっていい。窓の向こうには闇、タービンエンジンから伝わる逆噴射の轟音。タービンから轟音が伝わると同時に客室はきわどい角度に傾き、二度と立替経費の払い戻し請求書を経理に提出せずにすむようになる。二十五ドルを越える支払いには領収書を添付すること。二度と床屋へ行くこともない。

鈍い衝撃があって、もう一方の車輪が舗装された滑走路に下りる。百個のシートベルトが外される小気味よい音。一緒に死にそこねた使い捨ての友が隣のシートから声をかけてくる。

うまく乗り継げるといいですね。

ええ、まったく。

せっかくの瞬間はあっという間に終わる。人生は続いていく。

そしてどうしたわけか、ひょんな偶然から、タイラーとぼくは出会った。

休暇旅行のときだった。

目を覚ますとそこはロサンゼルス国際空港だ。

ふたたび。

タイラーに出会ったのは、ヌードビーチに出かけたときだ。夏の終わりで、ぼくは眠っていた。タイラーは裸で汗をかき、砂だらけで、濡れた髪が筋になって顔に張りついていた。

タイラーは、ぼくらが知り合うはるか前からそこにいた。

タイラーは波打ち際で流木を拾い、砂浜に引き上げていた。湿った砂の下に、タイラーの目の高さほどの丸太が数センチ間隔で立てられて半円を作っていた。丸太は四本あり、ぼくが目を開けたとき、タイラーは五本目を引き上げているところだった。丸太の一方の端の下に穴を掘り、反対の端を持ち上げると丸太はそこに滑り落ち、微妙に傾いた状態で立った。

目を覚ますとそこはビーチだ。

ほかには誰もいなかった。

棒切れを手に、タイラーは一メートル離れた砂の上にまっすぐな線を引いた。次に丸太のところに戻り、根元の砂を踏み固めて丸太を垂直にした。

その様子を見ていたのはぼく一人だった。

タイラーが大声で訊く。「いま何時だ？」

ぼくはいつも腕時計をしている。

「いま何時だ？」

ぼくは訊き返す。どこの時間帯で？

「ここのだ」タイラーが答えた。「いまこの瞬間の時刻だ」

午後四時六分。

しばらくすると、タイラーは丸太が作る影の中にあぐらをかいて座った。しばらくそうしていてから立ち上がって一泳ぎし、Tシャツを着てスウェットパンツを穿くと、歩き出そうとした。ぼくは訊かずにはいられなかった。

ぼくが眠っているあいだ、タイラーは何をしていたのか、訊かずにはいられなかった。

別の場所、別の時刻で目覚めたら、別の人間になっていればいいのに。

ぼくは訊いた。アーティストか何かかい？

するとタイラーは肩をすくめ、五本の丸太は根元の方が太くなっているだろう、と言った。次に砂の上に引いた直線を指し、その線を利用してそれぞれの丸太が落とす影の長さを測るんだと言った。

ときには、目を覚ますとそこがどこだかわからないことがある。

タイラーが作ったのは、巨大な手の影だった。そのときの人さし指から小指は吸血鬼の指のように長すぎ、親指は短すぎたが、タイラーは、きっかり四時三十分には完璧な手だったのだと言った。巨大な影の手は一分間だけ完璧な形を保つ。その完璧な一分のあいだ、タイラーは自分の作った完全無欠のてのひらに座っていた。

目を覚ますとそこはどこでもない。

一分で充分だとタイラーは言った。そのために努力を強いられたとしても、完璧な一分間にはそれだけの価値がある。完璧な存在は、どれもせいぜい一瞬しか続かない。

目を覚ます、それだけで充分だ。

彼の名はタイラー・ダーデン、組合に所属する映写技師、ダウンタウンのホテルの宴会場のウェイター、そして彼は電話番号をくれた。

こうしてぼくらは出会った。

4

今夜は常連の住脳寄生虫感染症患者が一とおりそろっている。〝アバヴ&ビヨンド〟の集会はいつも盛況だ。こちらはピーター。こちらはアルドー。こちらはマーシー。

はじめまして。

紹介するよ。こちらはマーラ・シンガー。今夜が初参加だ。

はじめまして、マーラ。

〝アバヴ&ビヨンド〟の集会は、参加者の近況報告から始まる。このグループの名は〝寄生虫の宿主の会〟ではない。メンバーの口から〝寄生虫〟という言葉を聞くことは絶対にない。全員がつねに快方に向かっている。ええ、新しい薬物療法が効きましてね。全員がつねに危機を脱した直後だ。とはいえ、五日も消えない頭痛の痕跡がどの顔にも見て取れる。女の一人が不随意に流れた涙を拭う。全員が名札をつけていて、一年前から火曜ごとに顔を合わせている人々が近づいてきて、握手をしようと手を差し出しながら、こっちの名札に目を落とす。

初めてお目にかかりますよね。

誰ひとり、決して寄生虫とは言わない。病原体と言う。

治療とは言わない。療法と言う。

近況報告では、病原体が脊柱にも入りこんで急に左手の自由がまったく利かなくなったと誰かが話す。別の参加者は、病原体が脳の皮膜から水分を奪ったために脳が頭骨のなかで委縮し、発作を起こしたと話す。

前回この集会に出席したとき、クロエという名の女が、唯一の嬉しいニュースを報告した。クロエは椅子の木製の肘掛にすがるように立ち上がると、死はもう怖くなくなったと宣言した。

今夜、自己紹介と近況報告が済むと、グレンダと書いた名札をつけた初めて見る若い女がクロエの妹だと名乗り、先週の火曜の午前二時、クロエはついになくなったと告げる。

ああ、その知らせは甘く響いてもいいはずだ。この二年というもの、抱擁タイムのたびにクロエはぼくの腕で泣いた。いまようやく彼女は死に、死んで地中に埋められ、あるいは死んで壺に、埋葬所に、納骨棚に納められた。それこそ、人間というものは、今日は考え、動き回っていても、次の日には有機肥料に、ミミズの食堂になるという証拠だ。驚嘆すべき死の奇跡、喜ばしい知らせのはずだ。そう、あの女さえいなければ。

マーラ。

ほら、マーラがまたぼくを見つめている。住脳寄生虫感染症患者全員の中でただ一人だけ。

嘘つき。

詐病。

マーラは偽物だ。みんな偽物だ。体をひくつかせたり痙攣させたりし、咳こんで床に崩れおち、ジーンズの股を濃い青に染める全員が、そうさ、すべてが壮大な芝居なんだ。

今夜、誘導瞑想さえもぼくをどこへも連れて行ってくれない。七色の扉の向こうには、緑の扉にもオレンジの扉にも、かならずマーラがいる。青の扉を開けると、マーラが立っている。嘘つき。守護動物の洞穴を抜ける誘導瞑想では、ぼくの守護動物はマーラだ。煙草を吹かし、目をぎょろりと回すマーラ。嘘つき。黒い髪、ふっくらとして柔らかな唇。偽物。深い色合いのイタリア製レザー張りのソファを思わせる唇。逃れられない。

クロエは本物だった。

ジョニ・ミッチェルの骸骨に笑みを作らせ、パーティ会場を歩かせて、誰に対してもとびきり愛想よくさせれば、それがクロエだ。我らが骸骨、クロエが昆虫ほどの大きさになって、夜中の二時にクロエのはらわたのなかの丸天井の広間や長い廊下を駆け抜けるところを想像してくれ。頭上から心臓の音がサイレンのように鳴り響いてこう告げる。死に備えよ、残り十秒、九、八。死のプロセス開始まであと七秒、六……。

夜、クロエは崩壊しかけた自分の血管や、破裂して熱いリンパ液を撒き散らす管からできた迷路を駆け回る。露出した神経は、軟組織に埋めこまれた罠だ。軟組織の奥で膨れ上がった腫瘍は、熱く真っ白な真珠だ。

頭上の警告。十秒以内に腸から退避せよ。九、八、七。

十秒以内に魂を退避せよ、九、八。

詰まりを起こした腎臓のなかに足首の深さまで溜まった液体をばしゃばしゃと跳ね上げながら、クロエは先を急ぐ。

死のプロセス開始まで残り五秒。

五、四。

四。

行く手で、寄生虫が心臓をスプレー塗装している。

四、三。

三、二。

クロエは体液が張りついて凝固した自分の喉をよじ登る。

死のプロセス開始まで残り三秒、二秒。

開いた口から月光が射す。

最後の息に備えよ——

脱出。

実行。

魂、脱出。

実行。

死のプロセス、発動。

完了。

そうだ、その知らせは甘く響いていいはずだ、クロエの温もりの記憶はぼくの腕にいまも残り、クロエ本体はどこかで死んでいる。

でもだめだ、マーラが見ている。

誘導瞑想で内なる子供を抱きとめようと腕を広げると、その子供は煙草を手にしたマーラだ。白い癒しの光球も訪れない。嘘つき。チャクラもだめだ。花のように開くチャクラを想像してください。その中心から優しい光がゆっくりと広がります。

嘘つき。

ぼくのチャクラはどれも閉じたままだ。

瞑想が終わると、みんな伸びをしたり首を回したり、互いに支え合って立ち上がり、次に備える。触れ合うことで心を癒しましょう。抱擁する相手を求め、ぼくは三歩で会場を横切ってマーラの前に立つ。マーラは、合図を待って周囲を見回しているぼくの顔を見上げる。

合図の声。さあみなさん、近くにいる誰かを抱き締めましょう。

両腕をマーラの体にきつくからみつける。

今夜は誰か特別な人を相手に選んでください。

マーラの煙草を持った両手は腰に当てられたままだ。

その人にいまの気持ちを話しましょう。

マーラは精巣ガンではない。マーラは結核ではない。マーフは死にかけていない。脳味噌の肥やしにしかならない頭でっかちの哲学では、たしかに、ぼくらは一人の例外もなく死に向かっている。しかしマーラが死に向かっているというのは、クロエが死に向かっていたのとは意味が違う。

合図の声。さあ、心にあることを伝えて。

マーラ、追い詰めたぞ。

心にあることをすべて伝えて。

マーラ、出ていってもらおうか。出ていけ。出ていけ。

泣きたければ、遠慮せずに泣きましょう。

マーラはぼくをじっと見上げている。瞳は茶色だ。耳たぶのピアス穴はすぼめた唇みたいで、イヤリングはしていない。荒れた唇には死んだ皮膚が張りついている。

遠慮せずに泣いて。

「そっちこそ死にかけてなんかないくせに」マーラが言う。

ぼくらの周囲では、いくつもの二人組が互いに体を預けてすすり泣いている。

「あたしのことをばらしたら」マーラが言う。「あたしもあんたのことをばらすから」

だったら曜日ごとに譲り合おうとぼくは提案する。マーラは骨疾患、住脳寄生虫感染症、結核。ぼくは精巣ガン、住血寄生虫感染症、器質性脳障害。

マーラが言う。「上行結腸ガンは?」

まったく、油断も隙もない。

結腸ガンの集会は交代制にしよう。そっちは毎月第一と第三日曜日。

「断る」マーラは言った。一つも譲らない。ガンも寄生虫感染症も。マーラは目を細めてぼくをにらみつける。まさかここまで効果絶大だとは思ってもみなかった、とマーラは言う。生きてるって実感できる。肌に透明感が戻った。生まれてこの方、死人を見たことがない。対比するものがなかったから、生を実感できなかった。ところがいまや死にかけた人、死、喪失感、悲しみを知っている。涙とおののき、恐怖と哀れみ。誰もがどこへ向かっているか理解したいま、マーラは人生の一瞬一瞬を慈しんでいる。

お断りよ、どのグループも譲らない。

「以前の生活に戻るなんてまっぴら」マーラが言う。「自分が呼吸してるって事実に安心したくて葬儀場に勤めた時期もあった。なのに、あたし向きの仕事が見つからなかったらどうしろって言うの」

また葬儀場で働けばいいだろう、とぼくは言う。

「これに比べたら、葬式なんて」マーラが言う。「あんなもの、観念的な儀式にすぎない。ここなら本物の死を経験できる」

周囲の二人組は、涙を拭い、鼻をすすり、互いの背中をそっと叩いたあと、離れていく。そろって出席するわけにはいかない、とぼくはマーラに言う。

「だったらあんたが来るのをよせばいいでしょ」

ぼくにはこれが必要なんだ。

「だったら葬式に行けば?」

ほかの全員がもう抱き合うのをやめて、締めくくりの祈りに備えて手をつなぎ始めていた。ぼくはマーラを離した。

「この集会にはいつから?」

最後に祈りを捧げましょう。

二年前からだ。

祈りの輪を作る一人がぼくの手を取る。別の一人がマーラの手を取る。

祈りが始まると、たいがい息がうまくできなくなる。おお、我らを祝福したまえ。おお、怒り、怯える我らを守りたまえ。

「二年も？」マーラがぼくの耳に顔を寄せてささやく。

おお、我らを守り、支えたまえ。

この二年でぼくの嘘を見破った人間がいたとしても、みんな死んだか、回復して二度とここには来なくなった。

救いたまえ。我らを救いたまえ。

「わかった」マーラが言った。「わかった、わかったわよ、精巣ガンは譲ってあげる」

ぼくにのしかかって泣く、でかパイのビッグ・ボブか。それはどうも。

我らにお導きを。心の平和を。

「どういたしまして」

こうしてぼくはマーラに出会った。

5

空港警備隊員から詳しい説明を受けた。

手荷物積み卸し係は、かちかち音を立てるスーツケースは無視していいことになっている。空港警備隊員は、手荷物積み卸し係を〝投手《スロワー》〟と呼ぶ。最近の爆弾はかちかちなんて音は立てない。しかし振動するスーツケースを発見したら、手荷物積み卸し係、スロワーたちは、警察に通報することになっている。

ぼくがタイラーと一緒に暮らすようになったのは、震えるスーツケースに関して、大部分の航空会社が同様の方針を採用しているからだ。

ダレス国際空港発の帰路、ぼくは荷物をすべて一個のスーツケースに詰めていた。旅慣れた人間は、毎回同じ荷物を用意する。白いシャツを六枚。黒のズボンを二本。生き伸びるための最低限の身の回り品。

旅行用目覚まし時計。

バッテリー式電気シェーバー。

歯ブラシ。

下着六枚。

黒い靴下六足。

空港警備隊員によれば、ダレス国際空港を離陸する際、ぼくのスーツケースは振動していたため、警察の指示で飛行機から下ろされたらしい。持ち物は残らずそのスーツケースに入っていた。コンタクトレンズ用品一式。青いストライプ入りの赤のネクタイ一本。赤いストライプ入りの青のネクタイ一本。どっちもレジメンタルストライプで、クラブタイストライプではない。それに赤い無地のネクタイ一本。

昔はこれら常備品のリストを自宅の寝室のドアに張っていた。

ぼくの自宅というのは、独身者および若きプロフェッショナル向けファイルキャビネットといった趣《おもむき》の高層コンドミニアムの十五階にある一室だった。分譲前のパンフレットによれば、三〇〇ミリ厚のコンクリート製の床、天井ならびに壁が、ぼくと上下左右の部屋のステレオや大ボリュームでがなり立てるテレビとを隔てていることになっていた。三〇〇ミリ厚のコンクリートにエアコンが完備されていても、窓はどれもはめ殺しで、せっかくメープル材のフローリングに調光機能つき照明といった豪華仕様でも、およそ一六〇平方メートルの気密室は、いつも最後に料理した食事や最後に便所に入ったときの匂いをさせている。

そうだ、それに寄せ木細工のキッチンカウンターに、低電圧レール式可動照明もついている。

しかし補聴器の電池が切れたお隣さんが音量をめいっぱいまで上げてクイズ番組をご覧あそばす環境では、三〇〇ミリ厚のコンクリートは貴重だ。あるいは、ガス爆発の爆風と、かつてリビングセットだった物体や家財道具の残骸が壁一面のガラス窓を粉砕して飛び出し、燃える破片となってひらひらと落ちていき、その一室だけを、きみが住んでいる一室だけを断崖絶壁の高層コンドミニアムの横腹に黒焦げのコンクリートの穴に変えるような環境では。

珍しい出来事じゃない。

正直で素朴で勤勉な、どこぞの土地の原住民の手になるものであることを示す泡粒や不完全さ、砂粒を残した緑色の手吹きのガラス皿を含め、すべての皿が爆発で吹き飛ぶ。床から天井まで届くカーテンが吹き飛び、切れ切れになって熱い風に吹かれている光景を想像してみてくれ。

十五階の上空から家財道具一式が火を噴いて降り注ぎ、下を走る車に次々に叩きつけられる。

ぼくは正対気速度マッハ〇・八三または時速七三〇キロメートルで眠りながら西へ向かい、ダレス国際空港に取り残されたぼくのスーツケースは、立入禁止体制が敷かれた滑走路でＦＢＩ爆弾処理班に包囲されている。振動の原因は、九割方、電気シェーバーだと空港警備隊員は言う。今回の犯人も、ぼくのバッテリー式電気シェーバーだった。残りの一割は、震える大人の玩具だ。

空港警備隊員はそう説明した。ぼくがスーツケースなしで目的の空港に到着したあと、タクシーで自宅に向かい、切れ切れになって地面に散らかったぼくのフランネルのシーツを発見する前の話だ。

考えてもみろよ、あなたのスーツケースはバイブレーターが原因で東海岸で足止めを食らっているようですと女の乗客に伝えるんだぜ、と空港警備隊員は言った。持ち主が男性の場合もある。航空会社の方針で、犯人がバイブレーターの場合には、その持ち主をほのめかしてはいけないことになっている。かならず不定冠詞を使う。

ただの〝バイブレーター〟（a dildo）だ。

あなたの（your）バイブレーターではない。

あの（the）バイブレーターのスイッチが偶然に入ったようで、などとは口が裂けても言わない。

バイブレーターのスイッチが入って緊急事態を引き起こし、あなたの荷物を退避せざるをえなくなったとだけ伝える。

乗り継ぎ予定のステープルトン空港で目を覚ましたとき、雨が降っていた。

ぼくの住む街の空港上空で着陸態勢に入ったところで目を覚ましたとき、雨が降っていた。

席をお立ちになる前に、お忘れ物がありませぬよういまいちどお確かめくださいと案内が流れた。次にぼくの名が呼ばれた。係員がゲートでお待ちしておりますので、お手数ですがお声をおかけくださいませ。

ぼくは腕時計を三時間遅らせた。それでも午前零時を回っていた。

ゲートに航空会社の係員がおり、その隣には空港警備隊員が待ち構えていて、どうもね、電気シェーバーのおかげであんたの荷物はダレス国際空港で足止めを食らってるらしいんだよね、と言った。空港警備隊員は手荷物積み卸し係を〝スロワー〟と呼んだ。次に〝ランパー〟と呼んだ。空港警備隊員は、少なくとも、犯人が大人の玩具でなくてまだましだったと言った。それから、たぶんぼくが男で、空港警備隊員も男で、時刻が午前一時だったから、あるいはぼくを笑わせようとして、空港警備隊員は、業界では客室乗務員を〝スペースウェイトレス〟と呼んでいると言った。または〝エアマットレス〟。警備隊員は小さな肩章のついた白いシャツに紺色のネクタイを締めて、まるでパイロットの制服を着ているように見えた。ぼくの荷物に危険物はないと確認されたから、明日には到着するだろうと言った。

ぼくの名前と住所と電話番号を控えたあと、空港警備隊員は、コンドームとコックピットの違いは何だかわかるかと訊いた。

「コンドームにコックは一つしか入らない」警備隊員は言った。

ぼくは有り金十ドルをはたいてタクシーに乗り、家に帰った。

地元警察も疑念を抱きながら待っていた。

爆弾ではなかったぼくの電気シェーバーは、時間帯を二つ隔てた場所に取り残されている。

そして、爆弾だった何か、でかい爆弾だった何かが、ぼくの洒落たニュールンダのコーヒーテーブルを吹き飛ばしていた。ライムグリーンの陰とオレンジの陽の形をし、二つあわせると陰陽マークになったテーブルはいまや、木っ端の山と化した。

エリカ・ペッカーリのデザインの、オレンジ色の張り地のハパランダのソファセットは、いまやぼろ切れと化している。

営巣本能の奴隷と成り下がったのは、この世にぼく一人というわけではない。以前はポルノ雑誌を手に便器に腰を下ろしていたであろう人々がいまトイレに持って入るのは、イケアのカタログだ。

誰の家にもストライングリーンのストライプ地を張ったヨハネスホフのアームチェアがある。ぼくのは火の玉になって十五階下の噴水に落ちた。

誰の家にもワイヤと環境に優しい無漂白紙でできたリスランパ／ハールのペーパーラン

プがある。ぼくのは紙吹雪に姿を変えた。

バスルームにあったものすべて。

アッレのカトラリー一式。ステンレス製。食洗機使用可。

ヴィルドの亜鉛めっきの壁掛時計。見たら買わないわけにはいかなかった。

クリプスクの棚。あれも。

ヘムリックの帽子箱。あれもだ。

ぼくが住む高層コンドミニアム前の通りは、そういったものすべての破片に覆われてきらめいていた。

モンマーラのキルトカバーセット。デザイン担当はトマス・ハリラ、以下のカラーバリエーションをご用意しています。

ライラック。

フューシャ。

コバルト。

シャイニーブラック。

マットブラック。

クリームイエロー。

ヘザー。

ぼくが全人生を費やしてそろえた物たち。

ラッカー仕上げを施したメンテフリーのカリックスの補助テーブル。

ステッグの入れ子式テーブル。

家具を購入する。これで死ぬまで新しいソファが必要になることはないはずだと自分に言い聞かせる。思い切って買っちまえよ、二、三年は、少なくともソファ問題に頭を悩ませることなく暮らせるぞ。次は理想の皿一式。次は完璧なベッド。カーテン。ラグ。

そのころには素敵な巣のなかで身動きが取れなくなっている。かつて所有していたものに、自分が所有されるようになる。

空港から自宅へ帰りついた瞬間までは。

ドアマンが暗闇から足を踏み出して言う。事故がありましてね。警察が山ほど質問していきましたよ。

警察は、おそらくガス漏れだろうと見ている。おそらく、ガスコンロの口火が消えたか、ガスヒーターのつきっぱなしになっていて、ガスが漏れ、そのガスが天井に昇り、やがて各部屋の天井から床まで充満した。一六〇平方メートルのコンドミニアムの天井は高く、漏れたガスがすべての部屋に行き渡るまでに何日もかかっただろう。そして全部屋の床までガスが充満したころ、冷蔵庫の下部に有るコンプレッサーがかちりと音を立てて通電した。

爆発。

床から天井まで届くアルミサッシ窓が吹き飛び、ソファとランプと食器とシーツのセットに火がついた。高校の同窓会年報と卒業証書と電話にも。何もかもが十五階の窓から太陽フレアみたいに噴き出した。

そうだ、冷蔵庫は無事だった。ぼくは冷蔵庫の棚を各種のマスタードで埋め尽くしていた。粒なしマスタード、英国パブ風のマスタード。オイルフリードレッシングは十四種類そろえていたし、ケーパーは七種類あった。

わかってる、わかってる。調味料ばかりでまともな食い物のない家だよ。

ドアマンが鼻をかみ、エースピッチャーの速球がキャッチャーミットに収まるみたいな音を立てて、ハンカチのなかに何やら固体が移動した。

十五階に行ってみるのはかまわないが、あの部屋は立入禁止だ、とドアマンは言った。警察の指示だ。警察から訊かれた。ぼくにこんなことをしそうな元ガールフレンドはいないか。ダイナマイトを入手できる人物に恨まれていなかったか。

「上に行っても無駄ですよ」ドアマンは言った。「残ってるのはコンクリートの殻だけなんだから」

警察は放火の可能性も視野に入れている。ガス臭に気づいた住人はいなかった。ドアマンは疑わしげに眉を吊り上げる。最上階の広い部屋の主たちが雇っている通いの家政婦や看護師は、仕事を終えたあとロビーの椅子で迎えの車を待つ。このドアマンは、暇さえあればその女たちといちゃついている。ぼくはここに住んで三年になるが、毎晩、この男は座って《エラリイ・クイーンズ・ミステリ・マガジン》を読みふけっているばかりで、ぼくは買ってきたものやら鞄やらを四苦八苦して持ち替えながら、自分でエントランスの鍵を開けてなかに入る。

ドアマンは疑わしげに眉を吊り上げて言う。世間には、大きなガソリンの水たまりの真ん中に長い長い蠟燭を立て、それに火をつけて、長期の旅行に出かける連中がいる。金に困るとそういうことをする。危機を脱したくてそんなことをする。

ぼくはロビーの電話を借りていいかと訊いた。

「一目置かれたくて、やたらにものを買いこむ若者は多い」ドアマンが言った。

ぼくはタイラーに電話をかけた。

ペーパー・ストリートのタイラーの借家の電話が鳴る。

頼むよ、タイラー。ぼくを救い出してくれ。

呼び出し音が続く。

ドアマンが近づいてきて、ぼくの肩越しに言う。「自分が本当に欲しいものがわからない若者は多い」

お願いだ、タイラー。ぼくを助けてくれ。

呼び出し音が続く。

「若者は、全世界を手に入れたいと考える」

北欧家具からぼくを救い出してくれ。

気の利いたアートからぼくを救い出してくれ。

呼び出し音が続き、そしてタイラーが電話に出た。

「欲しいものがわからないと」ドアマンが続けた。「本当には欲しくないものに包囲されて暮らすことになる」

完全になどしないでくれ。

満足などさせないでくれ。

完璧になどしないでくれ。

助けてくれ、タイラー。完璧で完全な人生からぼくを救ってくれ。

タイラーとぼくはバーで落ち合うことにした。

ドアマンは、警察から連絡が行くかもしれないから、電話番号を教えてくれと言った。まだ雨が降っていた。ぼくのアウディはまだ駐車場にちゃんと停まっていたが、ダカーポのハロゲン電球フロアランプがフロントウィンドウに突き刺さっていた。

タイラーとぼくは会い、ビールをしこたま飲み、そしてタイラーは言った。わかった、おれの家に越してくるといい。ただし一つ頼みがある。

翌日、ぼくのスーツケースは最低限の身の回り品、シャツ六枚に下着六組とともに到着するはずだ。

その夜、誰もこっちを見ていず、誰もこっちを気にしていないバーで酔っ払ったぼくは、頼みというのは何かとタイラーに訊いた。

タイラーは答えた。「おれを力いっぱい殴ってくれ」

6

マイクロソフト社向けプレゼン資料の二枚目をスクリーンに出した瞬間、口のなかに血の味がして、ぼくはやたらに唾を呑みこむはめに陥った。ボスは資料の中身を把握していないが、目の周囲に青痣を作り、頬の内側を縫ったせいで顔の半分を腫らしたぼくにプレゼンテーションを任せたりはしない。縫い目がゆるみ、舌の先で探ると頬の内側にゆるんだ縫い目の感触がある。浜辺に放置された、もつれた釣り糸を想像してくれ。舌で触っていると、去勢手術後の犬の黒い縫い跡が頭に浮かぶ。何度も何度も血を呑み下した。ボスはぼくの原稿を確かめながらプレゼンテーションを続け、ぼくはラップトップ型ＯＨＰプロジェクターの操作を担当し、それゆえ部屋の片隅の暗闇に引っこんでいる。

血を舐め取ろうとすればするほど、血が唇に広がってべたつく。この調子では、明かりがついたとき、マイクロソフトのコンサルタント、エレンとウォルターとノーバートとリンダに向かい、てらてら赤く光る唇と隙間から血を染み出させている前歯で作り笑いをして、本日はお越しいただいてありがとうございましたと一礼することになるだろう。

ビールジョッキ一杯分くらい血を飲むと、具合が悪くなる。

ファイト・クラブは明日だ。ファイト・クラブを休むつもりはない。

プレゼンを始める前、マイクロソフトのウォルターは、バーベキューでこんがりさせたポテトチップみたいな褐色をした、パワーシャベルを思わせる口で、マーケティング用の笑顔を作った。シグネットリングをはめたウォルターは、そのなめらかで柔らかな手でぼくの手を包むように握手した。「相手がどんな目に遭ったか、見たら後悔しそうだ」

ファイト・クラブ規則第一条、ファイト・クラブについて口にしてはならない。

転んでしまいまして。ぼくはウォルターにそう説明する。

ぼくが自分でしたことです。

プレゼンテーションに先立ち、ぼくはボスと向かい合って座り、原稿のどの箇所でスライドを切り替えるか、どのタイミングで動画を再生するかを説明していると、ボスが訊いた。「毎週末、きみはいったい何をしでかしているのかね？」

傷痕を二つ三つ作ってから死にたいと思って、とぼくは答える。もはや工場直送の新品の肉体《ボディ》をありがたがる時代じゃない。たとえば一九五五年にディーラーのショールームに展示された新車当時のまま後生大事にされている車を見かけるたび、ああなんてもったいない、とぼくは思う。

ファイト・クラブ規則第二条、ファイト・クラブについて口にしてはならない。

ランチの注文を取りに来たウェイターがジャイアントパンダみたいに目の回りを真っ黒に腫らしていて、その直前の週末のファイト・クラブで、体重九〇キログラムの商品補充係が渦巻く怒号に負けない音を立てながらそいつの鼻っ柱に何度も何度も拳を振り下ろした場面、商品補充係の膝とコンクリートの床のあいだに頭をはさまれたウェイターがどうにか息を継ぎ、口から血しぶきを飛び散らせながら〝降参〟を宣言した場面が脳裏に蘇ることがあるかもしれない。

それでも、きみは何も言わない。ファイト・クラブは、ファイト・クラブが始まり、ファイト・クラブが終わるあいだの数時間しか存在しないからだ。

コピーセンターに行き、そこで応対した店員を見て、一月《ひとつき》前に来たときは三つ穴パンチで穴を開けて綴《と》じろという注文だったか、一組ごとに色紙をはさんでくれと頼まれたのか、それさえも覚えておけない使えない店員だったのに、自分の倍ほどの体格をした広告代理店の営業マンのみぞおちに強烈な蹴りを決め、次に馬乗りになって、ファイト中止が通告されるまで拳を振り下ろし続けたあの十分間、同じ店員は神だったということを思い出すこともあるだろう。相手が〝降参〟を宣言するか、たとえ芝居であっても失神した場合、その時点でファイトは終了する。その店員を見かけるたび、あのファイトはみごとだったなと喉まで出かかったとしても、口に出すことはできない。

ファイトは一対一。一度に一ファイト。シャツと靴は脱いで闘う。時間制限なし。それがファイト・クラブの残りの規則だ。

ファイト・クラブでの男たちは、現実世界での彼らとは別の人間だ。コピーセンターの店員にみごとな闘いぶりだったと声をかけたとしても、相手は別人だ。

ファイト・クラブでのぼくは、ボスが知るぼくじゃない。

ファイト・クラブでの夜が明けると、現実世界のあらゆるもののボリュームが下がる。何が起きても腹は立たない。自分の言葉が法になる。しかし、たとえ周囲の誰かがその法を犯し、あるいは異議を唱えたとしても、やはり腹は立たない。

リアルのぼくは、ワイシャツを着てネクタイを締め、口を血だらけにして暗闇に座り、ボスがアイコンの色をその淡い青紫にした理由をマイクロソフトの担当者に説明するのに合わせ、OHPやスライドを切り替えるリコール・コーディネーターだ。

最初のファイト・クラブは、タイラーとぼくが二人で殴り合っただけだった。

以前なら、何かに腹を立て、人生はぼくの五年計画どおりに進んでいないとため息をついても、コンドミニアムを掃除したり、車をいじったりすれば忘れられた。いつの日かぼくが傷一つない体で死ねば、見栄えのする部屋と車があとに残ったことだろう。このうえなくみばえのする部屋と車。ただし、それも埃が積もり、あるいは次のオーナーが現われるまでの話だ。不変のものはこの世に一つもない。モナリザの絵でさえ崩壊を続けている。ところがファイト・クラブができてから、歯の半数をぐらぐら動かせるようになった。

ひょっとしたら、自己改善は答えではないのかもしれない。

タイラーは父親を知らない。

ひょっとしたら、自己破壊が答えなのかもしれない。

タイラーとぼくはいまも一緒にファイト・クラブに行く。ファイト・クラブはいま、毎週土曜の夜、閉店後のバーの地下室で開催され、週ごとに参加者が増え続けている。

すすけたコンクリートに囲まれた地下室の真ん中にぽつんと下がる電球の下にタイラーが進み出ると、暗がりの奥の百組の目がその電球の明かりを跳ね返す。タイラーの第一声はこうだ。「ファイト・クラブ規則第一条、ファイト・クラブについて口にしてはならない」

続けて――「ファイト・クラブ規則第二条、ファイト・クラブについて口にしてはならない」。

ぼくは親父と六年くらい暮らしたが、そのころのことは覚えていない。親父は六年ごとに新しい街で新しい家族を作る。家族というより、チェーンの新店舗を開くというほうが近い。

ファイト・クラブに集まるのは、女に育てられた世代の男たちだ。

その男たちが集まった真夜中過ぎの真っ暗な地下室に灯《とも》るたった一つの電球の下で、タイラーは残りの規則を列挙する。ファイトは一対一。一度に一ファイト。シャツと靴は脱ぐ。時間制限はなし。

「ファイト・クラブ規則第七条」タイラーは声を張り上げる。「今夜初めてファイト・クラブに参加した者は、かならずファイトしなければならない」

ファイト・クラブはテレビのフットボール中継とは違う。地球のどこか遠くで繰り広げられる見知らぬ他人同士のぶつかり合い、十分ごとにビールのコマーシャルが入り、あるいはテレビ局のロゴが映し出されて中断する、二分遅れの衛星生中継とは違う。ファイト・クラブを知ったあとでは、テレビのフットボール中継など、最高のセックスを楽しめばいいのにわざわざポルノ映画を鑑賞するみたいなものだ。

ファイト・クラブは、トレーニングジムに通い、髪と爪を短めに切っておく動機になる。いつものジムは、彫刻家やアートディレクターが定義した男らしさが備わっていなければ男ではないとでもいうのか、男らしく見られたい男たちであふれている。

タイラーに言わせれば、スフレだって見ようによっては隆々としている。

ぼくの親父は大学を出ていなかったから、大学だけは出ておけとぼくに言った。卒業すると、ぼくは長距離電話をかけて訊いた。お次は？

親父には答えられなかった。

就職し、二十五歳になると、長距離電話をかけて訊いた。お次は？　親父には答えられず、結婚でもしろと言った。

三十になったぼくは、母親に続く新しい女は本当にぼくの求めている答えなのか疑いを抱いている。

ファイト・クラブで起きる出来事は言葉を介さない。毎週のファイトを生き甲斐とする男たちがいる。タイラーは、今週から先着五十人で締め切りとすると宣言した。五十一人目からは門前払いだ。

先週、ぼくは一人の男を選び、そいつと自分をファイト待ちリストに登録した。そいつの一週間はよほど悲惨なものだったらしい。脇の下から腕を入れてぼくを羽交い締めにするフルネルソンという技をかけ、ぼくの額をコンクリートの床に打ちつけた。頰の内側に歯が食いこんで切れ、片方のまぶたが腫れ上がってふさがり、血が涙のように流れた。

〝降参〟したあと床を見ると、ぼくの顔が血の色で描かれていた。

タイラーがぼくの隣に立ち、ぼくの口が血で描いたでかいOの字と、糸みたいに細い目の跡を眺めたあと、感想を口にした。「いいね」

ぼくは対戦相手と握手を交わし、いいファイトだったと労《ねぎら》った。

するとそいつは言った。「来週もどうだ?」

ぼくはどこもかしこも腫れ上がった顔で無理に笑みを作って答えた。この顔を見ろよ。来月にしないか?

生きていることをあれはど強烈に実感できる場所は、ファイト・クラブしかない。観衆の輪の中心にぽつんと灯った電球の下、自分と対戦相手の二人しかこの世に存在しないあの瞬間しかない。ファイト・クラブは勝ち負けじゃない。ファイト・クラブに言葉はない。初めてファイト・クラブに参加したやつのケツは、食パンみたいに柔らかい。ところが半年後、同じ男に会うと、まるで彫刻みたいな体に変わっている。何でも来いという自信をみなぎらせている。ファイト・クラブではジムと同じように低いうめき声や物音が響くが、ファイト・クラブは外見を磨く場所ではない。教会と同じように、恍惚とした言葉にならない言葉が響き、日曜の昼過ぎに目が覚めたときの気分は、救済されたみたいだ。

前回のファイトのあと、対戦相手がモップで床を拭っている横で、ぼくは保険会社に電話をかけ、救急治療費の支払いの事前承認をもらった。病院に行くと、タイラーは医者に、ぼくは転んだと説明した。

ときどき、タイラーはぼくに代わって話をする。

ぼくが自分でしたことです。

外では、日が昇ろうとしている。

日曜の午前二時から七時までの五時間以外、ファイト・クラブは存在しないから、ファイト・クラブについては口にしない。

ファイト・クラブを創設したとき、タイラーとぼくはどちらも喧嘩をしたことがなかった。経験がなければ、あれこれ思い巡らすものだろう。怪我をするのではないか、人間を相手にどこまでやれるものか。ぼくと知り合ったタイラーは、こいつになら頼んでみても大丈夫そうだと考え、誰もこっちを気にしていないバーで二人とも酔っ払ったころ、こう言った。「一つ頼みがある。おれを力いっぱい殴ってくれ」

ぼくは気が進まなかったが、タイラーは根気よく説明した。傷痕一つない体で死にたくないということについて、プロ同士のファイトは見飽きたことについて、自分についてもっと深く知りたいことについて。

自己破壊について。

あのころのぼくの人生は完全すぎた。おそらくぼくらは、前進するために一度すべてを壊さなければならないところに来ていたんだろう。

ぼくは周囲を見回して答えた。わかった。いいよ。ただし、駐車場でやろう。

そこでぼくらは外に出て、ぼくはタイラーに尋ねた。顔がいいか、腹がいいか。

タイラーは答えた。「おれを驚かせてくれ」

人を殴った経験はないとぼくは言った。

タイラーが答えた。「理性を捨ててみろよ」

ぼくは目を閉じてくれと言った。

タイラーは答えた。「いやだね」

ファイト・クラブに初めて参加したやつがそろってやるように、ぼくは深呼吸をし、そしてどの西部劇映画でもカウボーイがやるように、固めた拳を大きく弧を描いて振り回した。狙ったのはタイラーの顎だが、拳はタイラーの首筋にぶつかった。

失敗した、いまのは勘定に入らない、もう一度やらせてくれとぼくは言った。

タイラーは「いや、勘定に入る」と言うと、日曜の朝のアニメに出てくるばねのついたボクシンググローブみたいに、いきなりがつんとぼくを殴った。タイラーのパンチは胸のど真ん中に当たり、ぼくは後ろによろめいて車にぶつかった。二人ともしばらく突っ立っていた。タイラーは首筋をなで、ぼくは片手で胸を押さえながら、未知の領域に足を踏み出したという事実をそれぞれ噛み締めた。そしてアニメの猫とネズミみたいに、ぼくらはまだちゃんと生きているが、とことんやってみたい、それでも生きていられるかどうか確かめたいと考えていた。

タイラーが感想を口にした。「いいね」

ぼくはもう一度殴ってくれと言った。

タイラーは答えた。「いや、おまえがおれを殴れ」

そこでぼくは女の子みたいに拳を大きく振り回してタイラーの耳のすぐ下を殴った。タイラーはぼくを押しのけ、靴の踵をぼくの腹にめりこませた。その次に起きたこと、そしてその次に起きたことに言葉はなく、バーの閉店時間になると客が駐車場に出てきてぼくらをはやしたてた。

タイラーと闘いながら、この世のあらゆる問題と闘えそうな気になっていた。カラーのボタンを壊して返したクリーニング屋。数百ドルの貸越になっている銀行口座。勝手にぼくのパソコンを使い、DOSの実行コマンドをめちゃくちゃにするボス。そしてマーラ・シンガー、ぼくから互助グループをかすめとったマーラ・シンガー。

ファイトが終わったとき、何一つ解決してはいなかったが、何一つ気にならなくなっていた。

ぼくらが初めて闘ったのは日曜の夜で、タイラーはその週末一度も髭を剃っておらず、その無精髭がこすれたぼくの指の関節はひりひり痛んだ。ぼくは駐車場であおむけに寝転がり、街灯の明かりに負けずに輝く唯一の星を見上げながら、きみは何と闘っていたのかとタイラーに尋ねた。

父親だとタイラーは答えた。

ぼくらは父親などいなくたって自分を完成させられるのかもしれない。ファイト・クラブでは、恨みを晴らすために闘うのではない。闘うために闘うのみだ。ファイト・クラブについて口にしてはならないが、ぼくらはファイト・クラブについて話し合った。それからの数週間、閉店後のバーの駐車場に男たちが集まった。寒さが厳しくなるころ、いま会場になっているバーの地下室を借りられることになった。

ファイト・クラブが開かれる夜、タイラーは、ぼくと二人で定めた規則を高らかに宣言する。「いまここにいる大部分の者が」タイラーは、男たちで埋め尽くされた地下室の真ん中に円錐形に広がった光の中から声を張り上げる。「このなかの誰かが規則を破ったからこそここにいるわけだ。誰かがファイト・クラブについて口にした」

タイラーは続ける。「そろそろ口を閉じるか、自分で新しいファイト・クラブを開設するんだな。来週からは入口で名前を書いてもらう。その名簿の頭から五十人の参加を許可することにする。許可された者は、闘いたければすぐに相手を探せ。闘いたくないなら、闘いたい者はほかにいくらでもいるわけだから、家でおとなしくしていろ。

今夜初めてファイト・クラブに参加した者は」タイラーの声が響き渡る。「かならずファイトしなければならない」

ファイト・クラブに集まる連中のほとんどは、闘うには勇気の足りない問題を何らか抱えている。しかしここでファイトを何度か経験すると、恐怖はぐんと減る。

ファイト・クラブの出会いがきっかけで親しくつきあうようになる者も多い。たとえばぼくが商談やら会議やらに出向くと、折れてつぶれたナス色の鼻に絆創膏を貼り、あるいは目の下に数針縫った痕があり、あるいは顎を針金で固定した会計士や役員や弁護士が会議テーブルについている。結論を出すべき時まで余計な口をはさまず、こちらの話にじっくり耳を傾けるような寡黙な若者たちだ。

ぼくらは黙ってうなずき合う。

やがてぼくのボスは、ああいった若者ばかり大勢知っているのはなぜなのかとぼくに訊く。

ボスに言わせれば、この業界では紳士が減り、話の通じない連中ばかりが増えている。

プレゼンは続く。

マイクロソフトのウォルターを観察する。完璧な歯並びと健康的な肌と、同窓会報に就職先をわざわざ載せたくなるような仕事を持った若者。戦争を経験していない若い世代なのは一目瞭然で、両親が離婚していないとしても父親はほとんど家にいたことがない。ウォルターのほうは、暗闇に隠れた、半分はきれいに髭が剃られ、半分は青痣が浮いたぼくの顔を見つめている。ぼくの唇でぬらりと輝いている血を見ている。もしかしたらウォルターはいま、週末に出席した、肉料理の出ない、すなわち動物の痛みを伴わない料理を持ち寄る食事会のことや、オゾン問題や、あるいは残酷な動物実験をするメーカーにいますぐ待ったをかけるという地球規模の差し迫った問題について思案しているのかもしれないが、十中八九、そうではないだろう。

7

ある朝、使用済みコンドームが死んだクラゲみたいにトイレに浮いている。

こうしてタイラーはマーラに出会った。

小便をしようと起きていくと、洞窟の壁画に似た便器の汚れにそれがへばりついていた。精子たちはどういう気持ちでいるだろうと、想像せずにいられない。

これが？

これが膣円蓋《ちつえんがい》なのかな？

いったい何がどうなってる？

ぼくは一晩中、マーラ・シンガーとやりまくっている夢を見ていた。煙草を吹かすマーラ・シンガー。目をぎょろりと回すマーラ・シンガー。目を覚ますと、ぼくは一人きりで自分のベッドにいて、タイラーの部屋のドアは閉まっていた。ふだん、タイラーの部屋のドアが閉まっていることはない。外はずっと雨が降っていた。屋根板のペンキに気泡が浮き、板は熱で歪み、波打ち、忍びこんだ雨が天井の石膏ボードの上に溜まり、やがて照明器具を伝って滴《したた》る。

雨降りの日は、ブレーカーを落としておくしかない。部屋の電気をつけるのは怖い。タイラーが借りている一軒家は、地上三階地下一階建てだ。ぼくらは家のなかで蠟燭を持ち歩く。家には食料貯蔵室や、網戸を張った昼寝もできるベランダがあり、階段の踊り場にはステンドグラスの窓がついている。居間には腰かけのついた出窓が並ぶ。床と壁の境の幅木は彫刻とニス塗装が施され、高さは四五センチある。

雨粒が家の方々から滴り、木製の物体はすべて膨れ、縮み、床や幅木や窓枠など木でできたものに打たれた釘はどれも、そろそろと頭を出しては錆《さ》びていく。

家のあらゆるところで錆びた釘を踏みつけ、あるいは錆びた釘に肘をえぐられ、寝室七つに対してトイレは一つしかなく、その唯一のトイレには使用済みコンドームが浮いている。

家は何かを待っている。区画整理か、あるいは遺言の執行か。それを待って、この家は取り壊される。いつからここにいるのか訊くと、タイラーは、一月《ひとつき》半くらい前と答えた。太古の昔、この家には、《ナショナル・ジオグラフィック》と《リーダーズ・ダイジェスト》をコレクションすることに生涯をかけたオーナーがいた。雨が降るたびに、危なっかしく揺れる雑誌の山脈はいっそう高くそびえ立つ。タイラーによれば、タイラーの前の借り手は雑誌の光沢紙を使ってコカインを包む封筒を作っていた。警察か誰かに蹴破られて以来、玄関ドアに鍵はない。食堂の壁では、九層の壁紙が膨張を続けている。グラスクロスの下に小鳥柄、その下に花柄、その下に縞柄、そのまた下に小花柄。

すぐ隣に廃工場が一つ、通りの真向かいの一ブロック全部を占領する倉庫が一つ。周囲の建物はそれだけだ。家のなかには、ダマスク織りのテーブルクロスに折り目がつかないよう巻き取るのに使う長さ二メートルのローラー付きの収納庫がある。シダー材を張った冷却装置付き毛皮製品用クローゼットもある。トイレのタイルには、たいがいの人の結婚式の引き出物の食器セットよりきれいな花の模様が描いてあって、便器の水には使用済みコンドームが浮いている。

タイラーと暮らし始めてざっと一月が過ぎていた。

朝食に現われたタイラーの首や胸はキスマークだらけだ。ぼくは古い《リーダーズ・ダイジェスト》をめくっている。この家はドラッグの取引場所として理想的だろう。近くに住人はいない。倉庫と製紙工場以外、ペーパー・ストリートに建物はない。製紙工場から立ち上る蒸気の、屁にそっくりな臭い、工場の周囲に見える木材チップのオレンジ色のピラミッドから漂う、ハムスターのケージみたいな臭い。日中は無数のトラックがペーパー・ストリートを行き交うが、夜になると、全方位半径一キロ内はタイラーとぼくだけになるから、この家はドラッグの取引にうってつけだ。

ぼくは地下室に《リーダーズ・ダイジェスト》の山脈を見つけた。いまはどの部屋にも《リーダーズ・ダイジェスト》の山が築かれている。

我らがアメリカ合衆国での暮らし。

笑いこそ最良の薬。

この家の家具は、雑誌の山くらいのものだ。

一番古い雑誌には、人間の臓器が自分の機能を一人称で語る——たとえば〝私はジェーンの子宮です〟——シリーズ記事が載っている。

ぼくはジョーの前立腺です。

本当さ。そしてタイラーはキスマークだけをまとい、シャツは着ずにキッチンテーブルにつくと、べらべらべらべらべら、昨夜マーラ・シンガーと知り合ってセックスをしたと言う。

それを聞いたぼくは、すっかりジョーの胆嚢《たんのう》です。何もかもぼくのせいだ。何かをした結果、収拾のつかない事態に陥ることがある。何もしなかった結果、収拾のつかない事態に陥ることもある。

昨夜、ぼくはマーラに電話した。ぼくらは一つ取り決めをしていた。互助グループの集会のどれかに出席したいとき、ぼくはマーラに電話をかけ、マーラが参加する予定かどうか確認する。昨日は黒色腫の夜で、ぼくはいくぶん落ちこんでいた。

マーラはリージェント・ホテルに住んでいる。褐色の煉瓦《れんが》を安っぽさで固めたような建物で、マットレスはつるつるのビニールカバーで保護されている。死を待つばかりの人間が住人の大半を占めるからだ。迂闊《うかつ》にベッドに尻を載せると、シーツや毛布もろとも床の上に滑り落ちる羽目になる。

ぼくはリージェント・ホテルのマーラに電話をし、黒色腫の集会に行くつもりかと尋ねた。

マーラの答えはスローモーションで返ってきた。本気で自殺するつもりじゃなかった、SOSを発信したかっただけ。でも、抗鬱剤のザナックスを致死量くらいのんだ、とマーラは言った。

リージェント・ホテルに駆けつけたところを想像してくれ。安っぽい部屋を歩き回りながら、あたし死ぬんだわとつぶやくマーラをじっと見守るところを想像してくれ。死ぬんだわ。あたし死ぬんだわ。死ぬのよ。死ぬのね。死ぬんだわ。

何時間も続きかねない。

とするときみは今夜はどこにも出かけないんだね？

いいこと、あたしはもうじき死ぬのよ、とマーラが言う。さっさと来ないと見逃すわよ。

お誘いはありがたいが、ほかに予定があってね、とぼくは言う。

じゃあけっこうよ、とマーラが答える。テレビでも眺めながら死ぬのも悪くないから。

見る価値のある番組をやってることを願うだけ。

そこでぼくは勇んで黒色腫の集まりに出かけた。早めに帰宅した。そして眠った。

そして夜が明け、キスマークだらけのタイラーがテーブルにつき、あの女はイカレてる、だがそこが大いに気に入ったと言う。

ゆうべ、黒色腫の集会のあと、ぼくは帰宅してベッドに直行し、眠りについた。そしてマーラ・シンガーとやり、やり、やりまくる夢を見た。

朝食の席でタイラーの話を聞きながら、ぼくは《リーダーズ・ダイジェスト》に読みふけっているふりをしている。イカレてる、か。それくらいとうに知ってるよ。ぼくは《リーダーズ・ダイジェスト》の名物連載〝軍服を着たユーモア〟に目を落とす。

ぼくはジョーの荒れ狂う胆管です。

ゆうべ、マーラが何と言ったか聞かせてやりたいね、とタイラーが言う。あんな口のきき方をする女は初めてだ。

ぼくはジョーの食いしばった歯です。

ぼくはジョーの怒りの火を噴く鼻孔です。

タイラーと十回くらいセックスしたあと、マーラは妊娠したいと言った、とタイラーは続ける。マーラはタイラーの堕胎児が欲しいと言った。

ぼくはジョーの白く浮いた指関節です。

そんなことを言われて、タイラーが乗らないわけがない。一昨日の晩、タイラーは一人で夜更かしをし、生殖器を『白雪姫』に切り貼り挿入していた。

タイラーの関心を奪い合ってぼくに勝ち目があるわけがない。

ぼくはジョーの憤怒の火を噴く疎外感です。

しかも、どれもこれもぼくの落ち度だ。タイラーの話によれば、昨夜ぼくが眠ったあと、タイラーがホテルの宴会係の仕事を終えて帰宅したところに、リージェント・ホテルのマーラから電話がかかってきた。ついに始まったみたい、とマーラは言った。トンネル、それにトンネルの奥へと誘う光。臨死体験はこのうえなくクールだとわかったから、自分の幽体離脱を実況中継してやろうと考えたわけだ。

魂が電話をかけられるかどうかわからない。せめて息絶える瞬間を誰かに聞いていてもらいたい。

しかし、だがしかし、電話に出たのはタイラーで、事情を徹底的に誤解した。

二人は会ったことがなかったから、マーラが死にかけているのは悪い事態だと考えた。

ちっとも悪いことじゃないのに。

タイラーには関係のないことなのに、タイラーは警察に通報して、リージェント・ホテルに駆けつけた。

結果、きみやぼくがテレビから教えられた古代中国の伝統に従い、マーラの命を救ったタイラーは、マーラに対して死ぬまで責任を負うことになった。もしぼくがたった数分を惜しんだりせずにマーラの部屋に行き、彼女が死ぬ様子を見守っていたら、こんなことにはならなかっただろう。

タイラーは、マーラの部屋は、リージェント・ホテルの最上階にある8Gだと言った。階段を八階分上り、ドアの奥から録音されたテレビの笑い声が漏れ聞こえるやかましい廊下を進んだ奥の部屋。二秒ごとに女優の金切り声が響き渡り、マシンガンの発射音とともに男優が死ぬ。タイラーが廊下の終わりに着くと、まだノックしてもいないのに、細い、細い、バターミルク色の腕が8Gのドアから突き出してタイラーの手首をつかみ、タイラーは部屋に引きずりこまれた。

ぼくは《リーダーズ・ダイジェスト》のページのあいだに顔を埋める。

マーラに部屋に引きずりこまれるタイラーの耳に、早くもリージェント・ホテル前に集結した車輛のブレーキ音やサイレンが届いた。ドレッサーの上に、世にあふれるバービー人形の材料と同じピンク色の柔らかなプラスチックでできたバイブレーターが鎮座していて、タイラーの頭に、台湾の工場の射出成型ラインから赤ちゃん人形やバービー人形や大人の玩具が何百万個も吐き出されてくる光景が浮かぶ。

マーラは大人の玩具を見つめているタイラーを見つめ、ぎょろりと目を回して言った。

「そんなもの怖がることはないわ。だって、ライバルだとでも？」

マーラはタイラーをふたたび廊下に追い出し、悪いけど、警察を呼ぶなんて余計なお世話だったわ、いま下に来てるのはきっと警察でしょと言った。

廊下に出るとマーラは8Gのドアに鍵をかけ、タイラーを階段のほうに追い立てた。階段の途中で壁にへばりつくタイラーとマーラの脇を、酸素吸入器を抱えた警察官や救急隊員が8Gはどこですかと口々に訊きながら上がっていった。

マーラは8Gは廊下のつきあたりだと教えた。

それからマーラは警察に叫んだ。8Gに住んでいる女の子、昔はきれいでチャーミングだったけど、いまはビッチ中のビッチよ。あの子のそばにいるとクズっぷりが伝染しそう、頭が混乱してて、間違ったことをするのが怖いから、そもそも何にもしようとしないの。

「8Gの女の子は自信を持てずにいるの」マーラは大声で言う。「年を重ねれば重ねるほど、選択肢は少なくなるだろうって怯えてる」

マーラは怒鳴る。「幸運を祈ってるから」

警察官たちは鍵のかかった8Gの部屋の前に集結し、マーラとタイラーは急ぎ足でロビーに下りる。背後では、警察官の一人がドアに向かってわめいていた。

「聞いてください！　ミス・シンガー、あなたには生きるべき理由が数え切れないくらいある！　まずはここを開けてください、マーラ、困難を一緒に乗り越えましょう！」

マーラとタイラーは表通りに飛び出した。タイラーはマーラをタクシーに乗せた。ホテルの八階にあるマーラの部屋の窓に、行き来するいくつもの影が映っていた。

消失点まで続く六車線の道路、煌々《こうこう》と明かりが灯り、車で埋め尽くされたフリーウェイに乗ると、マーラは朝まで決して眠らせないでとタイラーに言った。眠ったらそのまま死ぬだろう。

大勢の人間が自分の死を望んでいるのだとマーラはタイラーに話した。その人たちはすでに死んであの世にいて、日が暮れると電話をよこす。マーフがバーで飲んでいると、バーテンダーがマーラって人に電話だよと言い、マーラが受話器を受け取ると、電話は切れている。

タイラーとマーラは、ぼくの寝室の隣の部屋で、夜明け近くまで寝ずにいた。タイラーが目を覚ますとマーラはおらず、リージェント・ホテルに帰ったあとだった。

ぼくはタイラーに言う。マーラ・シンガーに恋人はいらない、必要なのはケースワーカーだ。

タイラーが答える。「恋などと呼ぶな」

要するに、マーラはいま、ぼくの人生の別の部分をまたしてもだいなしにしようとしているんだ。大学以来、同じことの繰り返しだった。友人ができる。彼らが結婚する。ぼくは友人を失う。

そうか。

かまわないよとぼくは言う。
タイラーが訊く。何か気に入らないことでも？
ぼくはジョーのきりきり舞いをする結腸です。
いや、とぼくは答える。かまわないよ。
銃口をぼくの頭に突きつけて、ぼくの脳味噌で壁を塗ってくれ。
ぼくはタイラーに言う。純粋に喜んでるだけさ。ほんとに。

8

ボスはぼくに早退を命じた。ズボンが乾いた血だらけだからだ。ぼくは喜び勇んで会社を後にする。

ぼくの頬に打ち抜かれた穴が癒える兆しはない。会社に行く。ぶん殴られたぼくの両目は膨らみすぎの黒いベーグルみたいで、ぼくはその真ん中に残ったちっちゃな穴から世界をのぞき見る。ぼくは禅師みたいに何事にも動じなくなったのに、誰ひとりその変化に気づかず、今日までぼくはそれが気に入らずにいた。それでも、ファクスは送り続けている。ちょいと俳句をひねり、社員全員にファクスで送る。会社の廊下で同僚とすれ違うとき、彼らの非友好的な表情を尻目に、ぼくはひとり無の境地に入る。

蜜蜂や　巣立てぬのは　女王のみなり

世俗的な所有物と自動車を打ち捨て、街のごみ溜め地域に移り、夜になるとマーラとタイラーが互いを人間便所紙よばわりする声が聞こえる借家に甘んじて暮らす。

いくぞ、この人間便所紙。

いけば、便所紙。

飲むんだ。ごくんといけよ、ベイビー。

それと比べたら、ぼくは穏やかそのものの世界の中心だ。

目を腫らし、乾いてひび割れた血の黒い大きな染みだらけのズボンを穿いたぼくは、会社の全員にハローと声をかけまくる。ハロー！　ぼくを見て。ハロー！　ぼくは無の境地に入ってる。ああ、これは血だよ。何でもないさ。ハロー！　何もかも何でもないし、悟りに達するのは最高にクールだよ。ぼくみたいに。

溜息。

見ろよ。窓の外を。小鳥だ。

ぼくのボスは、その血はきみの血かと訊いた。

小鳥は風に乗って飛び去る。ぼくは頭のなかにつまらぬ俳句を書き留める。

　　巣なき鳥　世界を家と　呼べるかな

ぼくは指を折って数える。五、七、五。

血？　ぼくの血かって？

ええ、そうです。ぼくは答える。このうちのいくらかは。

それはまずい答えだったらしい。

ぼくの血だから何だというのか。ぼくは黒いズボンを二本持っている。白シャツは六枚。下着は六組。最低限の身の回り品。ファイト・クラブに出かける。そしてときどきそういう事態が発生する。

「家に帰れ」ぼくのボスは言う。「着替えて来い」

ぼくはタイラーとマーラは同一人物ではないかと思い始めている。マーラの部屋で、毎晩のようにやってはいるが。

セックス。

セックス。

セックスをしている。

タイラーとマーラが同じ部屋にいることは決してない。ぼくは二人そろっているところを見たことがない。

とはいえ、ぼくと女優のザザ・ガボールが一緒にいるのを見たことがないからといって、ぼくらが同一人物だということにはならない。マーラがいると、タイラーは部屋から出てこないだけのことだ。

ぼくがズボンを洗うためには、タイラーに石鹸の作り方を教わらなければならない。タイラーは二階にいて、キッチンにはクローブと焦げた体毛の匂いが充満している。マーラはキッチンテーブルに座り、クローブで香りをつけた煙草で腕の内側を焦がしながら、自分を〝人間便所紙〟と呼ぶ。

「膿《う》んで、病《や》んで、腐りかけた自分をあたしは受け入れる」マーラはサクランボみたいに赤く膨らんだ煙草の火に向かって言う。マーラは腕の内側の白く柔らかい肌に煙草をねじこむ。「燃えろ、魔女め、燃えろ」

タイラーは二階のぼくの寝室にいて、ぼくの鏡に自分の歯を映しながら、ぼくに宴会係の仕事を見つけてきたと言う。ただしパートタイムだ。

「プレスマン・ホテルだ。夜の仕事がやれるなら」とタイラー。「あの仕事をすると、おまえのなかにある階級憎悪が一気に燃え上がる」

へえ、とぼくは言う。そうなんだ。

「黒い蝶タイは必須だ」タイラーが続ける。「あとは白いシャツと黒いズボンがあれば、りっぱに宴会係だ」

石鹸だ、タイラー、とぼくは言う。石鹸が必要だ。石鹸を作らなくちゃ。ズボンを洗わなくちゃいけないから。

タイラーが腹筋二百回をこなすあいだ、ぼくはタイラーの足を押さえる。

「石鹸を作るなら、まずは脂肪を精製する」タイラーの頭には有用な情報が詰まっている。セックスをしているときを除き、マーラとタイラーが同じ部屋にいることはない。タイラーがいても、マーラはタイラーを無視する。慣れ親しんだ光景だ。ぼくの両親も互いに透明人間だった。やがて親父はうちを出て次のフランチャイズを開いた。

親父はいつもこう言っていた。「セックスが退屈になる前に結婚することだ。さもないと永久に結婚できないぞ」

おふくろは言った。「ナイロン製ジッパーのついたものは買わないこと」

ぼくの両親が、クッションに刺繍《ししゅう》しておきたくなる名言を吐いたことは一度もない。

タイラーは百九十八回、腹筋をする。百九十九。二百。

タイラーはぺらぺらしたフランネルのバスローブとスウェットパンツを着けていた。

「マーラを家から追い出せ」タイラーが言う。「苛性ソーダを買って来させろ。フレーク状の苛性ソーダだ。結晶のやつじゃない。とにかくあの女を追い払え」

ぼくは六歳の子どもに戻り、疎遠な両親間のメッセンジャー役を務める。六歳のぼくはそれが嫌いだった。いまも嫌いだ。

タイラーはレッグリフトを始め、ぼくは階下に下りてマーラに伝える。フレーク状の苛性ソーダ。そして一〇ドル札とバスの定期券を渡す。マーラはキッチンテーブルから立ち上がろうとせず、ぼくはクローブ煙草をマーラの指のあいだからつまみ上げる。ゆっくりと。ふきんでマーラの腕の錆色のぽつぽつを拭う。火傷のかさぶたはひび割れ、そこから血が滲《にじ》み出している。次に片足ずつハイヒールに押しこむ。

マーラは、シンデレラ物語の王子のぼくを見下ろして言う。「勝手に入っちゃった。留守だと思って。玄関の鍵はかからないし」

ぼくは何も答えない。

「コンドームはあたしたちの世代のガラスの靴ね。初対面の相手にはまず履かせてみる。朝まで踊ったら捨てる。コンドームをね。初対面の相手じゃなく」

マーラと口をきくつもりはない。互助グループやタイラーとぼくの間に割りこむのは勝手だが、友達になるなんて絶対にありえない。

「朝からずっと待ってたんだからね」

春が行き　冬が行けども　知らぬ岩

マーラはキッチンテーブルから立ち上がる。光沢のある生地でできた青いノースリーブのワンピースを着ていた。マーラがスカートの裾をつまんで持ち上げ、裏側に点々と並んだ縫い目が見えた。下着を着けていなかった。マーラがウィンクする。

「新しい服を見せてあげようと思って」マーラは言う。「ブライズメイドのワンピース。

手縫いよ。どう、すてきでしょ？　グッドウィルのリサイクル店で一ドルで売ってたの。この醜い、醜いワンピースを作るために、一針一針縫った人がいるってわけよ。信じられないでしょ？」

スカートの裾は片側がもう一方よりも長くなっていて、ウエストのラインはマーラの腰の低い位置を取り巻いている。

店に出かける前に、マーラは指先でスカートの裾を持ち上げ、踊るような足取りでぼくとキッチンテーブルのまわりを一周した。スカートのなかでマーラの尻が舞っている。あたしが好きなのはね、とマーラが言う。誰かに猛烈に愛されたあと、一時間後とか一日後にあっけなく捨てられたもの。たとえばクリスマスツリー。当日までみんなの主役だったのに、クリスマスが終わったとたん、きらきらした飾りがついたまま道ばたに打ち捨てられたクリスマスツリーの死骸。そういうツリーを見ると、車に轢《ひ》かれた動物だったり、下着を裏返しに穿かされて黒い絶縁テープで縛られた性犯罪の被害者だったりを連想する。

何でもいいから早く出かけてくれ。

「保健所なんか最高よ」マーラが続ける。「溺愛されてたのに捨てられた哀れな子犬や子猫、場合によっては老犬や老猫も、必死で跳ねたり踊ったりして人の気を引こうとする。三日過ぎれば、催眠鎮静薬か何かを大量に投与されて、巨大ペットオーブンに放りこまれる運命だから。

永遠の眠り。『犬の谷』ってとこ？　たとえ誰かに愛されて命拾いしたとしても、やっぱり去勢はされるのよ」マーラはまるで毎晩セックスしている相手はぼくだとでも言うような目でぼくを見つめる。「あなたに頼まれちゃ断れないわね」

マーラは『人形の谷』（邦題『哀愁の花びら』。芸能界の愛憎を描いた小説とその映画化作品で、原題のValley of the Dolls は薬物そのものや薬物依存を意味するスラングになっている）の陰《いん》鬱《うつ》なテーマソングを口ずさみながら裏のドアから出ていく。

ぼくはその後ろ姿を見送る。

一、二、三秒の沈黙があって、マーラの気配が完全に消える。

ぼくが振り返ると、タイラーがいた。

タイラーが訊く。「追い払えたか？」

音もなく、匂いもなく、タイラーはどこからともなく現われている。

「まずは」タイラーはそう言ってキッチンの入口から冷凍庫に飛びつき、なかのものをかき回す。「まずは、脂肪の精製だ」

ぼくのボスに関してタイラーは言う。本気で腹が立つなら、郵便局に行って住所変更カードをもらい、ボス宅宛ての郵便物一切合切をノースダコタ州ラグビーあたりに転送してやればいい。

タイラーは凍った白い物体が入ったサンドイッチ用ポリ袋を次々と引っ張り出しては流

しに投げこむ。ぼくは大鍋をガスレンジにかけ、水をなみなみと入れる係だ。水が少なすぎると、精製した脂が黒っぽくなってしまう。

「この脂肪には」タイラーが言う。「多量の塩分が含まれている。水が多ければ多いほどいい」

脂肪の塊を水に入れて沸騰させる。

タイラーはサンドイッチ用ポリ袋を一つずつ取ってなかの白い物体を絞り出し、空っぽになったポリ袋をごみ箱の一番下に押しこんだ。

タイラーが言う。「想像力を働かせてみろ。ボーイスカウトで教わった開拓者精神を思い出せ。高校の化学の授業を思い出せ」

ボーイスカウトのタイフーンなど想像もつかない。

ほかには、たとえば、夜、ボスの家に行き、庭の水道栓にホースを接続するのもいい、とタイラーは言う。ホースを手動ポンプにつなぎ、屋内の水道に工業用染料を混入させる。赤でも青でも緑でもいい。そして翌日のボスの肌色を楽しむ。あるいは、庭の茂みに隠れ、水道管内の圧力が七五〇キロパスカルに達するまで手動ポンプを押し続ける。そうすれば、トイレの水を流すと同時に水洗タンクが破裂する。一〇〇〇まで上げれば、誰かがシャワーの水を出した瞬間、水圧でシャワーヘッドが吹き飛ぶ。ねじ山がつぶれて、ドカーン、シャワーヘッドは迫撃砲弾に変身する。

タイラーはぼくの陰鬱な気分を吹き飛ばそうとして言っているだけだ。実のところ、ぼくはボスが好きだった。それにいまのぼくは悟りの境地に達している。ただし仏教スタイルの悟りだ。管物菊《くだものぎく》。金剛般若経、碧巌録《へきがんろく》。ハーレ・ラーマ、クリシュナ、クリシュナ。悟り。

「ケツに羽根をおっ立ててみたところで」タイラーが言う。「鶏になれるわけじゃなし」

脂肪の塊が溶け、沸き立つ水面に油脂分だけが浮く。

へえ、とぼくは言い返す。つまり、ぼくはケツに羽根をおっ立ててるってことか。

煙草の焦げ痕がぞろぞろと腕を行進しているこのタイラーこそ、進化した人間だとでも？　人間便所紙夫妻。ぼくは無表情を装い、航空機備え付けの緊急脱出の手引きで見た、ヒンドゥー教の聖牛じみた顔つきの乗客の一人になる。

鍋の火を弱める。

ぼくは煮えたぎる湯をかきまわす。

あとからあとから脂が浮いてきて、水面は真珠に似た虹色に輝く皮膜に覆われた。大きなスプーンを使って皮膜をすくい、別の容器に移す。

で、とぼくは言う。マーラはどんな調子だい？

タイラーが答える。「少なくともマーラはどん底に落ちてみようとしている」

ぼくは煮えたぎる湯をかきまわす。

脂が浮かんでこなくなるまで皮膜をすくう。すくった皮膜が脂だ。純粋な脂。おまえはまだどん底にほど遠い、とタイラーが言う。一番底まで落ちなければ、救済のされようがない。イエスは十字架に架けられてどん底に落ちた。金と財産と知識を投げ打つだけでは足りない。これは週末のお忍び旅行じゃない。自己改善から逃れ、一目散に破滅へ走らなければならない。事なかれ主義ではここから先へ進めない。

これは自己啓発セミナーじゃない。

「怖じ気づいてどん底まで落ちられないなら」タイラーが続ける。「そいつは絶対に真の成功を手にできない」

破滅を経て初めて蘇ることができる。

「すべてを失ったとき初めて」タイラーが続ける。「自由が手に入る」

ぼくが感じているのは、早熟な悟りだ。

「かきまわすのをサボるな」タイラーが言う。

脂肪が煮立って油脂分が浮いてこなくなったら、湯を捨てる。鍋を洗い、新しい水で満たす。

ぼくは訊く。ぼくはもうじきどん底かな?

「いまのおまえは」タイラーが答える。「どん底がどんなものか想像さえできない段階にいる」

すくい取った脂で同じ手順を繰り返す。脂を水に入れて沸騰させる。皮膜をすくい、すくい、すくい取る。「この脂肪には多量の塩分が含まれている」とタイラーが言う。「塩分が多すぎると、石鹼が固まらない」煮立て、すくう。

煮立て、すくう。

マーラが戻る。

マーラが玄関を開けた瞬間、タイラーはいなくなる。見えなくなる。部屋から駆け出していき、姿が消える。

二階へ上がったか、地下室へ下りた。

ふっ。

フレーク状の苛性ソーダの缶を抱えたマーラが裏のドアから入ってくる。

「百パーセント再生紙のトイレットペーパーを売ってた」マーラは言う。「この世で最低の仕事はきっと、トイレットペーパーのリサイクルね」

ぼくは苛性ソーダの缶を受け取ってテーブルに置いた。ぼくは黙っている。

「今夜、泊まってもいい?」マーラが訊く。

ぼくは答えない。心の中で数える。五、七、五。

笑う虎　愛を信じる　蛇の純真

マーラが言う。「料理？　何作ってるの？」

ぼくはジョーの沸点です。

ぼくは言う。行け、いいから行け、行ってくれ。わかったか？　これ以上、ぼくの人生を奪わなくたっていいだろう？

マーラはぼくの袖をつかんで動けないようにすると、頬に軽くキスをした。「電話してちょうだいね。お願いよ。話し合いましょ」

ぼくは、わかった、わかった、わかった、わかった、わかった、と答える。

マーラの姿が消えた瞬間、ふたたびタイラーが現われる。

手品みたいに瞬時に。ぼくの両親は同じマジックを五年続けた。

ぼくは煮立て、皮膜をすくい、タイラーは冷蔵庫に置き場所を作る。蒸気が厚い雲を作り、キッチンの天井から雨が降る。冷蔵庫の奥深くに仕込まれた四〇ワットの電球、ケチャップの空き瓶やピクルスの瓶や空のマヨネーズの瓶に遮られてぼくの目には届かないまばゆい光、冷蔵庫の奥にともる小さなランプが、タイラーの横顔の輪郭を浮かび上がらせる。

煮立て、すくう。煮立て、すくう。すくい取った脂を、上蓋を全開にしたミルクのカートンに移す。

冷蔵庫の扉を開け、そこに椅子を引き寄せて、タイラーは脂が冷める様子を見つめた。キッチンに熱気がこもり、冷気の滝が冷蔵庫の底から流れ落ちてタイラーの足もとに溜まる。

ぼくはミルクのカートンを脂でいっぱいにし、タイラーがそのカートンを冷蔵庫に入れる。

ぼくが冷蔵庫の前に陣取ったタイラーの隣に膝をついて座ると、タイラーはぼくの両手を取って、てのひらをぼくのほうに向ける。生命線。愛情線。金星帯に火星帯。冷たい霧が渦を巻き、仄明《ほのあ》かりがぼくらの顔を照らしている。

「もう一つ頼みがある」タイラーが口を開く。

マーラのことか？

「あいつとおれの話をするな。おれのいないところでおれの話をするな。誓うか？」タイラーは訊いた。

誓うよ。

タイラーが言う。「一度でもあいつの前でおれの話をしたら、おれとは二度と会えないものと思え」

誓うよ。

「誓うか？」

誓うよ。

タイラーが続ける。「いいか、忘れるな。おまえはいま三度誓った」

冷蔵庫のなか、脂の表面に、透明のどろりとした物質の層ができ始めている。

脂が、とぼくは言う。分離してる。

「心配するな」タイラーが言う。「この透明な層はグリセリンだ。石鹸を作るときに混ぜ直す。あるいは、グリセリンだけすくい取ってもいい」

タイラーは唇を舐め、ぼくのてのひらを下にして自分の膝の上、汚れたフランネルのバスローブの上に置いた。

「グリセリンに硝酸を混ぜるとニトログリセリンができる」タイラーが言う。

ぼくは息を呑んでささやく。ニトログリセリン。

タイラーは唇を湿らせ、てらりと光る唇をぼくの手の甲に押し当てた。

「ニトログリセリンに硝酸ナトリウムとおがくずを混ぜればダイナマイトだ」タイラーが言う。

ぼくの青白い手の甲の上で、キスの跡がぬらりと光を反射する。

ダイナマイト。ぼくはそう繰り返し、床にぺたりと座った。

タイラーは苛性ソーダの缶の蓋をこじ開ける。「橋を吹き飛ばせる」とタイラーは言う。

「ニトログリセリンにさらに硝酸とパラフィンを混ぜれば、爆発性ゼラチンを作れる」とタイラーは言う。

「ビルだってまるごと吹き飛ばせる。一発で」とタイラーは言う。

タイラーは、ぼくの手の甲で輝く湿ったキスの二センチ上空で苛性ソーダの缶を傾ける。

「薬品熱傷だ」タイラーは言う。「ほかのどんな火傷よりずっと痛い。煙草百本の焼け焦げよりずっとだ」

キスがぼくの手の甲でぬらりと光を反射する。

「痕が残る」タイラーは言う。

「大量の石鹸があれば」タイラーは言う。「世界をまるごと吹き飛ばせる。いいか、さっきの誓いを忘れるな」

そしてタイラーは缶のフレークを注いだ。

9

タイラーの唾液は二つの働きをした。ぼくの手の甲の湿ったキスは、苛件ソーダのフレークが熱を発しているあいだ、接着剤代わりになった。それが第一の働きだ。もう一つ、苛性ソーダは水に反応して熱を発する。水、または唾液でもいい。

「これは薬品熱傷だ」とタイラーは言った。「ほかのどんな火傷よりずっと痛い」

苛性ソーダは排水溝の詰まりを取るのに使える。

目を閉じて。

苛性ソーダのペーストと水が混ざると、アルミの鍋に孔が開く。

苛性ソーダ溶液と水は木さじを溶解する。

水と混じると、苛性ソーダは摂氏一〇〇度近い熱を発する。その熱がぼくの手の甲を焦がし、タイラーはぼくの指に片手を置いて、ぼくの血まみれのズボンに押さえつける。よく見てろよ、おまえの人生最高の瞬間なんだから、とタイラーが言う。

「いまこの瞬間までのすべての出来事は物語になる」とタイラーが言う。「この先起きるすべての出来事も物語になる」

これがぼくらの人生最高の瞬間だ。

タイラーのキスの形を正確になぞった苛性ソーダのフレークは、ぼくの頭に描かれた長い長い道の終点にある手の甲で起きている焚き火か、焼きごてか、あるいは原子炉のメルトダウンだ。タイラーは戻れ、おれから離れるなと言う。ぼくの手はどこかへ行こうとしている。道の消失点から広がる地平線の向こうへ消えていこうとしている。

想像してくれ。火はまだ燃えている。ただし、地平線の向こうで。日没だ。

「苦痛に意識を戻せ」とタイラーが言う。

互助グループで使う誘導瞑想だと思えばいい。

苦痛という言葉を思い浮かべるだけでもだめだ。

誘導瞑想はガンに効き、これにも効く。

「自分の手を見ろよ」とタイラーが言う。

手を見てはいけない。

焼きつくとか、皮膚とか、肉とか、焦げるといった言葉を思い浮かべてはいけない。

自分の絶叫は聞こえないことにする。

誘導瞑想。

あなたはアイルランドに来ています。目を閉じて。

大学を卒業した年の夏、あなたはアイルランドに来ています。あなたはお城のそばのパブでお酒を楽しんでいます。そのお城には有名なブラーニー石があって、それにキスして雄弁さを手に入れるために、イギリスやアメリカから大勢の旅行者が観光バスで訪れます。

「これを頭から締め出すな」とタイラーが言う。「石鹸と生《い》け贄《にえ》はワンセットだ」

あなたは人の流れに乗ってパブをあとにし、雨粒をビーズ飾りのように載せた車がたくさん駐まった静かな雨上がりの通りを歩いていきます。夜です。やがてブラーニー石があるお城に着きました。

お城の床は朽《く》ちています。あなたは石造りの階段を上っていきます。階段を包む暗闇は、一段上るごとに暗く濃くなっていきます。階段を上るのはたいへんなうえに、このささやかな反逆行為における伝統から、誰ひとり口を開きません。

「聞けよ」とタイラーが言う。「目を開けろ」

「太古の昔」とタイラーが言う。「生け贄を捧げる儀式は川を見下ろす丘の上で行なわれた。何千という生け贄だ。いいか、聞けよ。生け贄の死体は薪の山のてっぺんで焼却された」

「叫んだってかまわない」とタイラーが言う。「流しに行って手の甲を水で流したっていい。しかしその前に、おまえは愚かだということ、おまえはいつか死ぬということを知っておけ。こっちを見ろ」

「いつの日か」とタイラーが言う。「おまえは死ぬ。それが理解できるまで、おれにとっておまえは無用の存在だ」

あなたはアイルランドに来ています。

「泣いたっていい」とタイラーが言う。「だが、その甲に載った苛性ソーダのフレークの上に涙が一粒落ちるごとに、煙草の焼け焦げみたいな火傷が一つ増える」

誘導瞑想。あなたは大学を卒業した年の夏、アイルランドにいて、おそらくそこで初めてアナーキズムに共感します。タイラー・ダーデンに出会う何年も前、初めてクレームアングレーズに小便を混ぜる前に、あなたは小さな反逆行為について学んだのです。

アイルランドで。

あなたはお城の階段のてっぺんにある踊り場に立っています。

「酢を使ったってかまわない」とタイラーが言う。「酢で中和できる。だが、その前にしがみつくのをやめなくてはならない」

数百人の生け贄が捧げられ、燃やされたあと、白いどろりとした液体が祭壇からあふれ、丘づたいに川へ流れた、とタイラーは言う。

まずはどん底まで落ちてみることだ。

あなたはアイルランドのお城の踊り場にいて、踊り場の縁の向こう側には底なしの闇が広がり、真正面の手を伸ばせば届くあたりに、石の壁があります。

「雨が」とタイラーが言う。「燃えた薪の上に来る年も来る年も降り注ぎ、来る年も来る年も死体が燃やされ、灰で濾過された雨水が苛性ソーダ溶液を作り、それが溶けた生け贄の脂肪と混じってできた白いどろりとした石鹸が祭壇の下から滲み出て、丘の斜面を伝って川へ流れた」

周囲のアイルランド人たち、闇に隠れてささやかな反逆行為を行なうアイルランドの男たちは、踊り場の縁に立ち、底なしの闇に向けて放尿します。

そして男たちはあなたに言います。さあ、ビタミン過多の濃くて黄色い贅沢なアメリカ産小便を垂らせよ。濃くて金がかかっていて、使い道のない小便を。

「これはおまえの人生最高の瞬間なんだ」とタイラーが言う。「そうやってどこかに行ってると見逃すぞ」

あなたはアイルランドに来ています。

おや、さっそくやってるな。そう、その調子。いいぞ。アンモニアと、一日当たり許容量のビタミンB群の匂いだ。

千年にわたる殺人と降雨の結果、古代人は発見した。石鹸が川に流れこむ場所で服を洗うと、ほかで洗うより汚れ落ちがいい。

ぼくはブラーニー石の上に小便を垂れている。

「勘弁しろよ」タイラーが言う。

ぼくのボスには正視できない乾いた血の染みだらけの黒いズボンを穿いたまま、ぼくは小便を垂れている。

あなたはペーパー・ストリートの借家に来ています。

「これには何か意味がある」とタイラーが言う。

「これは象徴だ」とタイラーが言う。タイラーの頭には有用な情報が詰まっている。石鹸のない文明では、衣類や髪を洗うのに自分や飼い犬の尿を使った。尿酸とアンモニアが含まれているからだ。

酢の匂いが鼻を突き、長い道の終点にあるあなたの手の甲で燃えていた火が消えます。苛性ソーダの蒸発気が複雑に枝分かれしたあなたの鼻腔を焼き焦がし、小便と酢が混じった臭いがして病院を連想させます。

「大勢の人間を殺したのは正解だった」とタイラーが言う。

あなたの手の甲は、タイラーのキスを正確になぞった形に赤く腫れて艶めいています。キスのまわりには、誰かの涙が作った煙草の焼け焦げが散っています。

「目を開けろ」と涙で頬を光らせたタイラーが言う。「おめでとう。どん底に一歩近づいたな」

「これでわかっただろう」とタイラーが言う。「人類最初の石鹸は英雄から作られた」

製品テストに使われる動物を思え。

宇宙に打ち上げられるサルを思え。

「彼らの死と苦痛がなければ、彼らの犠牲がなければ」とタイラーが言う。「人類はまだ何一つ手に入れていなかっただろう」

10

　ぼくは階と階のあいだでエレベーターを停止させ、タイラーはベルトを外す。エレベーターが停まると同時にサービスカートに並んだスープボウルがぶつかり合うかたかたいう音はやみ、タイラーが脚つきのスープサーバーの蓋を取ると、天井に向けてマッシュルーム形の湯気が立ち上った。

　タイラーは一物を引っ張り出しながら言う。「見られてるとできない」

　スイートトマトのクリームスープ、コリアンダーとアサリ入り。ぼくらがそこに何を入れようと、コリアンダーとアサリの匂いが強くて誰も気づかないだろう。

　急げと言って肩越しに振り返ると、タイラーは先端を一センチほどスープに浸けていた。白シャツに蝶ネクタイのウェイターの制服を着こんだひょろりと背の高いゾウが、ちっちゃな鼻を使ってスープをすすっているみたいで、ひどく滑稽だ。

「おい、見るなと言っただろう」とタイラー。

　ぼくの目の前のエレベーターのドアには、人の顔サイズの小さな窓があり、そこから宴会場に続く従業員用の通路がうかがえる。エレベーターを階と階のあいだで停止させると、そこから見える景色は緑色のリノリウムの床を這うゴキブリの視界と同等で、そのゴキブリ・レベルから見る緑色の通路は半開きのドアの前を通って消失点まで延び、その半開きのドアの向こう側では、ゴキブリになったぼくの体よりもでかいダイヤモンドを飾った巨人や巨人の妻たちが、何バレル分ものシャンパンを飲みながら人声で社交に励んでいる。

先週ここで開かれたニューヨーク州弁護士会のクリスマスパーティで、とぼくはタイラーに話す。ぼくは勃起したものを全員のオレンジムースに突っこんでやった。

するとタイラーが言う。先週の女子青年連盟のティーパーティのとき、エレベーターを停めて、カートに並んだ一口サイズのメレンゲのデザートに放屁してやった。

メレンゲには臭いが移りやすいからな、とタイラーは言い添える。

専属ハーピストが奏でる音色がゴキブリ・レベルのぼくらの耳をくすぐり。巨人たちはチョウチョみたいな形に切り開いたラムチョップをフォークに突き刺して口に運んでいる。その口が噛みちぎる塊はノタ一頭ほどの大きさに見え、口もとからのぞく歯は象牙色のストーンヘンジみたいな大きさだ。

ぼくは言う。さっさとやれよ。

タイラーが答える。「出ない」

スープが冷めれば、厨房に突き返される。

巨人たちは、理由などなくても料理を厨房に突き返そうとする。金のために駆けずり回るぼくらを見たいだけだ。この手の夕食会、この手の晩餐会では、チップはあらかじめ料金に含まれていると知っているから、ぼくらをごみみたいに扱う。といっても、ぼくらが料理を本当に厨房に持ち帰ることはない。ポム・パリジェンヌやアスパラガスのオランデーズソースを皿の上でちょいと動かして別の客に出せば、苦情はなかったことになる。

ぼくは言う。ナイアガラの滝。ナイル川。小学校のころ、ぼくらはみんな、寝ている人間の手をぬるま湯を張ったボウルに浸せば、そいつは寝小便をすると信じていた。

タイラーが言う。「ああ」ぼくの背後でタイラーが言う。「ああ、いいぞ。ああ、おかげで出そうだ。ああ、いいぞ。そうだ」

従業員用の通路に面して並ぶ半開きのドアの奥で、ブロードウェイの老舗劇場の金色のベルベットの緞帳《どんちょう》ほどの高さにそびえた金や黒や真紅のスカートが衣ずれの音を立てる。ときおり、フロントウィンドウがあるべき場所に靴紐がついた、黒革製のキャデラックセダンが二台、通り過ぎたりもする。車の上空には、赤いカマーバンドが並んだオフィス街が広がっている。

入れすぎるなよ、とぼくは言う。

タイラーとぼくはいまやサービス業界のテロリストだ。ディナーパーティ破壊活動家。ホテルはディナーパーティのケータリングサービスもしていて、客が食事を注文すると、食事とワインと食器とグラスとウェイターが届く。パーティ一式が届いて、一式の額の請求書も届く。チップを脅しの材料にできないことを承知している客は、ウェイターをゴキブリ並みに扱う。

あるとき、タイラーはケータリングサービスのメンバーに加わった。タイラーがゲリラウェイターに転身したのはそのときだ。その初めての出張ディナーパーティ、丘の中腹から生えた鋼鉄の脚に支えられて立つ、白い壁とガラスでできた、街の上空に浮かぶ雲みたいな邸宅で開かれたディナーパーティで、タイラーは魚料理を給仕していた。客が魚料理を食べているあいだにタイラーがパスタ料理の皿をすすいでいると、その家の女主人が紙きれを手にキッチンに入ってきた。手がぶるぶる震えているせいで、紙きれは旗みたいにはためいていた。マダムは顎を食いしばりながらこう訊いた。寝室に続く廊下を歩いているゲストを誰か見なかったか。とりわけ女性のゲスト。あるいはうちの主人。

キッチンには、タイラーとアルバートとレンとジェリーがいて、皿をすすいでは積み上げていた。それともう一人、見習いコックのレスリーがいて、エビとエスカルゴを詰めたアーティチョークに溶かしガーリックバターをかけていた。

「おれたちは寝室があるエリアに立ち入らないように言われてる」タイラーは答えた。

ガレージを通って家に入る。ガレージ、キッチン、ダイニングルーム以外への立入りは禁じられている。

その家の主人が女主人の背後の戸口に現われ、女主人の震える手から紙きれを取り上げる。「心配はいらない」

「犯人がわからないのに、ゲストの前でどんな顔をしていろと言うの？」マダムが詰め寄る。

家と同じ白の光沢があるマダムのパーティドレスの背に主人が手のひらを置くと、マダムは背を伸ばし、肩をいからせ、ふいに黙りこんだ。「あの人たちはきみのゲストだろう」主人が言う。「それにこれはひじょうに大切なパーティだ」

まるで腹話術師が人形に命を吹きこんだみたいで滑稽だった。マダムは夫の顔を見る。主人は妻の背をそっと押してダイニングルームへ戻らせる。紙きれが床に落ち、どちらからでも押せば開くキッチンのスイングドアが揺れ、その風が紙きれをタイラーの足もとに飛ばした。

アルバートが訊く。「それ、何だって？」

レンは魚の皿を下げようとキッチンを出ていった。

レスリーはアーティチョークを並べたトレーをオーブンに戻して訊く。「ねえ、何て書いてあるの？」

タイラーはレスリーをまっすぐ見つめ、紙片を拾いもせずに答えた。「〝おまえの高級香水コレクションの少なくとも一本に小便を加えておいた〟」

アルバートがにやりとする。「あの女の香水に小便をしたのか？」

いいや、とタイラーは答えた。そう書いたメモを香水瓶のあいだに差しておいただけだ。あの女のバスルームの鏡張りのカウンターには、香水の瓶が百本くらい並んでいた。

レスリーがにやりとする。「じゃ、本当はやらなかったわけ？」

「ああ」とタイラーは答えた。「だが、あの女はそうとは知らない」

空に浮かぶ白壁とガラスに囲まれたディナーパーティが終わるまでのあいだに、タイラーは女主人の前から冷めたアーティチョークの皿を下げ、次に冷めた子牛肉とジャガイモのデュシェス風の皿、次に冷めたカリフラワーのポロネーズソースがけの皿を下げ、女主人のワイングラスに十回ほどワインを注ぎ足した。マダムは料理を口に運ぶ女性ゲストたちを一人ひとりじっと観察していた。シャーベットの皿が下げられたあと、アプリコットケーキが運ばれてくる前に、テーブルの上座のマダムの席は、突如として空になっていた。

ゲストが帰り、皿を洗い終えたウェイターたちがクーラーボックスや食器類をホテルのバンに積みこんでいると、主人がキッチンに現われてアルバートに言った。きみ、重たいものを運ぶ手伝いをしてもらえないか。

レスリーは、タイラーはやりすぎたのかもしれないと言った。

タイラーは大きな声でまくし立てた。クジラが殺されるんだ。金一オンスよりも高価なああいった香水を作るために、クジラが殺される。世の中の大部分はクジラを見たことがない。レスリーはフリーウェイの際に建つアパートで暮らしながら二人の子どもを育て、マダムはぼくらの年収を上回る額をバスルームのカウンターに並べる香水に費やしている。

主人を手伝いに行ったアルバートが戻り、電話を取って九一一にかけた。アルバートは送話口を手で覆って言う。なあタイラー、あんなメモを置いたのはやりすぎだ。

するとタイラーは言う。「そう思うなら、宴会部長に報告しろよ。おれを首にしろと言え。おれはこんなクソみたいな仕事に永久就職したつもりはない」

全員が足もとに目を落とす。

「おれたちの誰にしたって」とタイラーは言う。「解雇されたほうがよほど幸せだ。現状にしがみつくのをやめて生き方を変えられる」

アルバートは受話器に向かって救急車を頼むと告げ、住所を伝えた。返事を待つあいだ、アルバートは、女主人はひどい有様だと言う。便器と壁の隙間から女主人を救出する役割を押しつけられた。主人は手を出せなかった。香水の瓶に小便を入れたのは夫だとマダムが決めつけたからだ。マダムは、夫は今夜の女性ゲストの誰かと浮気してマダムを狂気に追いやろうと企んでいる、もううんざりだ、マダムや夫が友人と呼んでいる連中にほとほとうんざりしたと言った。

主人はマダムを助け起こせなかった。白いドレスを着たマダムは便器の奥に倒れ、そこで割れた香水瓶を振り回していたからだ。マダムは、わたしに手を触れてごらんなさい、喉を掻ききってやるからと夫を脅した。

　タイラーが感想を言う。「いいね」

　アルバートは臭いをぷんぷんさせていた。レスリーが言った。「アルバート、ハニー、あんた臭いわよ」

　あのバスルームから無臭で出てくるのは無理だとアルバートは言う。香水瓶は残らず床の上で割れ、便器も瓶のかけらでいっぱいだ。氷みたいだったぜ、とアルバートは言う。超高級ホテルのパーティじゃ、小便器に砕いた氷を入れておいたりするだろう、あれみたいだ。バスルームには臭いが充満して、床には溶けない氷の砂利が敷かれ、アルバートがマダムに手を貸して立ち上がらせると、白いドレスは黄色い染みだらけで、マダムは夫に向けて割れた瓶を振り回し、その拍子に香水と瓶の破片の上で足を滑らせ、床にてのひらをついた。

　マダムは泣き、血を流し、便器にもたれてうずくまった。ああ、滲《し》みる、とマダムは言う。「ああ、ウォルター、滲みる。滲みるわ」

　香水が、マダムのてのひらの無数の切り傷に入りこんだ死んだクジラがちくちく滲みる。

　マダムは夫の手を借りて立ち上がると、天に祈りを捧げるように両手を持ち上げたが、両のてのひらは合わせずに二センチほど離してあって、そこから血が流れて手首を伝い、ダイヤモンドのブレスレットを越え、肘から滴り落ちた。

　すると主人が言った。「心配するな、ニナ」

「手が、ウォルター」マダムが答える。

「心配するな」

　マダムが言う。「誰がこんなことを？　私をここまで憎んでるなんて、いったい誰？」

　主人がアルバートに言う。「きみ、救急車を呼んでもらえないか」

　それがタイラーのサービス業界テロリストとしての初任務だった。ゲリラウェイター。最低賃金の破壊者。タイラーはもう何年もそれを続けているが、タイラーはどんなことでも協力者がいるほうが楽しいと言う。

　アルバートの話を聞き終えたタイラーは、にやりと笑って感想を述べる。「いいね」

　いま勤務先のホテルで、厨房の階と宴会場のある階の中間で停止したエレベーターのなかで、皮膚科医学会に出された鱒《ます》のゼリー寄せにくしゃみをかけたら、三人の客が塩が強すぎると言い、一人が絶品だと褒めたとぼくはタイラーに報告する。

　するとタイラーは脚つきのスープサーバーの上で一物を振り、これ以上は出ないと言う。

　この作戦は、冷製スープのヴィシソワーズやシェフ手製のガスパチョのときは楽だ。とろけたチーズの薄皮が表面を覆っているラミキン皿入りのオニオンスープでは不可能だ。もしこのホテルで食事をすることがあったら、ぼくはオニオンスープを注文する。

　ぼくらの、タイラーとぼくのアイデアは底を尽きかけていた。料理に悪さをするのが面倒くさくなり、職務内容説明書の項目の一つと変わらなくなっていた。そんなころぼくは、医者だか弁護士だかの一人が、ステンレスの表面に付着した肝炎ウィルスは六カ月生き延びると話しているのを小耳にはさんだ。それなら同じウィルスはラム入りカスタードを使ったロシア風シャルロットの表面でどのくらいの期間生き長らえるものかと、誰だってつい考えるだろう。

あるいはサーモンのタンバルとか。

そのウィルスはどこで入手できるのかと尋ねると、酔いの回った医者は笑った。どんなものも医療廃棄物処理場に直行だ、医者はそう答えた。

そして笑った。

どんなものもそこへ行く。

医療廃棄物処理場こそどん底らしい。

ぼくはエレベーターの操作ボタンに手をやって、用意はいいかとタイラーに確かめる。

ぼくの手の甲の傷痕は赤く腫れ上がり、タイラーのキスの形を正確になぞってまるで唇のように艶めいている。

「ちょっと待て」タイラーが答える。

トマトスープはまだ熱々なんだろう。タイラーがズボンにしまいこんだ弓なりの一物は、クルマエビみたいにピンク色に茹で上がっていた。

11

魅惑の地ラテンアメリカでは、川を歩いて渡ればタイラーの尿道をちっちゃな魚が泳いで上る。その魚の背にはななめうしろに向いて広がるトゲがあって、いったんタイラーの体内に入ったらそこで所帯を持ち、卵を産みつける準備を開始する。いろんな意味で、ぼくらの土曜の夜が最悪の事態を回避できたのはよかった。

「最悪の事態を回避できてよかったな」とタイラーは言う。「マーラのおふくろさんにしたことを思えば」

黙れよ、とぼくは言う。

タイラーは、たとえばフランス政府なら、ぼくらをパリ郊外の地下施設に押しこめ、日焼け促進スプレーの毒性検査の一環として、外科医ならまだしも半人前の技術者にレーザーメスでぼくらのまぶたを切り取らせかねない、と言う。

「ありえないことじゃない」とタイラーは言う。「新聞を読め」

さらに悲惨なのは、タイラーがマーラの母親に何をしていたかぼくも知っていたことだが、出会って以来初めて、タイラーは相当な額の金を手に入れていた。タイラーは一財産築こうとしている。ノードストロム百貨店から、クリスマス商戦に向けてタイラーのブラウンシュガー洗顔石鹸二百個の注文が入っていた。希望小売価格は一個二〇ドル。ぼくらには土曜の晩に出かける金が入った。ガス漏れの修理を依頼する金も。夜遊びする金も。金の心配はなくなったわけだから、ぼくは仕事を辞めても平気かもしれない。

タイラーはペーパー・ストリート石鹸会社と名乗っている。顧客はこれまでで最高の石鹸だと褒めちぎる。

「マーラのおふくろさんをうっかり食っちらまってたら、最悪だった」とタイラーは言う。

鶏とピーナッツの辛味炒めを頬張りながら、いいから黙れよ、とぼくは言う。

今夜、土曜の晩にぼくらがいるのは、中古車屋の最前列に展示された、タイヤが二本パンクした一九六八年型インパラのフロントシートだ。タイラーとぼくはしゃべり、缶ビールをあおる。インパラのフロントシートはたいていの家のソファよりも広々している。この一帯に並ぶ自動車屋で売られている車はどれも二〇〇ドル程度で、そういった店を業界では〝ポンコツ屋〟と呼び、昼間は店の経営者がベニヤ板でできた事務所でぶらぶらしながら細長い葉巻を吹かしている。

一緒に並んでいるのは、ハイスクールの子供が生まれて初めて手に入れるような類のオンボロばかりだ。グレムリン、ペーサー、マーヴェリック、ホーネット、ピント、インターナショナルハーベスターのピックアップトラック、シャコタンのカマロやダスター、インパラ。誰かが愛し、そして捨てた車。保健所のペットたち。リサイクル店のブライズメイドのワンピース。無数の凹《へこ》み、灰色や赤や黒の下塗り塗料がむき出しになったドアパネルやフロアパネル、誰もやすり一つかけていない盛りっぱなしの補修パテ。ビニールで作った木目とビニールで作ったレザーとビニールで作ったクロームを寄せ集めた内装。こういった店では、夜になっても車のドアのロックさえしない。

ドライブインシアターでシネマスコープの映画も見られそうに大きな広角型フロントウィンドウに売価が塗料で書いてある。その向こうに、大通りを行き交うヘッドライトが見えていた。〝シボレーに乗って広大なアメリカを見よう〟（シボレーの一九五〇年代の広告キャッチコピーおよびCMソングの歌い出し）。破格の九八ドルちょうどだ。車内から見ると八九セントみたいだ。ゼロ、ゼロ、小数点、八、九。〝アメリカはきみを待っている〟。

この店に置いてある車は大部分が一〇〇ドル前後の値札をつけていて、どの車の運転席のウィンドウにも〝現状渡し〟と書いた販売契約書がぶら下がっている。

ぼくらがインパラを選んだのは、土曜の夜に車で眠らなくちゃいけないなら、インパラのシートが一番広いからだ。

ぼくらが中国料理を食べているのは、家には帰れないからだ。ここで寝るか、営業時間外も開けているダンスクラブで夜を明かすかの二者択一だった。ぼくらはダンスクラブには行かない。音量がでかすぎて、とくに低音が腹に響きすぎてバイオリズムが狂う、とタイラーは言う。この前出かけたときは、大音量の音楽を聴くと便秘になる、と言った。それもあるし、ダンスクラブはやかましくて会話が成立しないから、何杯か飲んだころには、周囲の全員の注目を浴びると同時に周囲の全員との接点を完全に断ち切られているような気分になる。

まるでイギリス産ミステリ小説の死体だ。

ぼくらが今夜、車で眠るのは、マーラが借家に乗りこんできて、警察に通報する、母親を料理した容疑でぼくを逮捕させると脅したからだ。そのあと、家じゅうを暴れ回りながら、あんたは人食い鬼だ人肉食いだとわめき、《リーダーズ・ダイジェスト》や《ナショナル・ジオグラフィック》の山脈を蹴り崩し始めた。その時点でぼくはマーラを残して家を出た。ものすごく強引に要約すればそういうことだ。

リージェント・ホテルでの偶然を装ったザナックス自殺未遂事件のことを思うと、マーラが警察を呼ぶとは考えにくいが、今夜は外泊したほうが無難だろうとタイラーは判断した。万が一に備えて。

万が一、マーラが家に火をつける事態に備えて。

万が一、マーラがどこかで銃を手に入れて戻ってくる事態に備えて。

万が一、マーラがまだ借家にいる事態に備えて。

万が一に備えて。
ぼくは意識を集中しようと努める。

白い月　怒りと無縁の　星空かな

こうしてぼくは、大通りを行く車を眺め、直径一メートルくらいありそうに巨大で冷たく堅いベークライト樹脂製ステアリングホイールとジーンズ越しにぼくの尻をつねるひび割れたビニール製シートのインパラに、ビール片手に座っている。そしてタイラーは「もう一度話せ。何があったか正確に話せ」と言う。

何週間ものあいだ、ぼくはタイラーがしていることに見て見ぬ振りを決めこんでいた。あるとき、ぼくはタイラーと一緒にウェスタンユニオン電報局に出かけた。タイラーはマーラの母親宛てに電報を送っていた。

しわしわ（ピリオド）助けて！（終わり）

タイラーはマーラの図書館カードを局員に見せ、電報依頼書にマーラの名前を書き、悪いか、マーラって名前の男だっているんだよ、余計なお世話だ、と受付係に怒鳴った。

電報局を出るところでタイラーは、おれを愛しているなら信じてくれるよなと言った。おまえが知る必要のないことだ。タイラーはそう言うと、フムスでも食おうぜとガルボンゾの店にぼくを連れて行った。

ぼくを心底怯えさせたのは電報ではなく、タイラーと外で食事をすることだった。タイラーは決して、そう、決して現金を出さない。たとえば服が欲しければ、ジムやホテルに行き、遺失物預かり所の服を自分のだと言う。それでもマーラよりはまだましで、マーラはコインランドリーの乾燥機からジーンズをくすね、古着のジーンズを買い取る店に持ちこんで一本一二ドルで売る。タイラーは決してレストランで食事をせず、マーラの顔にしわはない。

そしてなぜか、タイラーはマーラの母親に宛てて七キログラム入りのチョコレートを一箱発送した。

今夜、土曜の晩をこれより悲惨なものにしかねなかった可能性はもう一つあって、それは毒イトグモだと、インパラのなかでタイラーが言う。このクセに咬まれると、毒液だけでなく、咬創の周囲の組織を溶かす消化酵素だか酸だかも一緒に注入され、腕や脚や顔が文字どおり崩壊する。

今夜の騒ぎのとき、タイラーは隠れていた。マーラが家に現われた。ノックもせず、マーラは玄関口からなかに身を乗り出して大きな声で言う。「コンコン」

ぼくはキッチンで《リーダーズ・ダイジェスト》を読んでいる。ぼくは完全に当惑する。

マーラが呼ばわる。「タイラー？　入っていい？　いるんでしょ？」

タイラーなら出かけてるよ、とぼくは声を張り上げる。

マーラが大きな声で言う。「つれないのね」

そのころにはぼくは玄関にいる。フェデックスの翌日お届け便の包みを手に、マーラが戸口に立っている。「お宅の冷凍庫に入れさせてもらいたいものがあって」

だめだ。ぼくはそう言いながら、飼い犬みたいにマーラのあとについてキッチンに向かう。

だめだ。

だめだ。

だめだって。

この家を不要品置き場にされたくない。

「だけど、坊や」マーラが言う。「あたしが住んでるホテルには冷凍庫がないし、この前、かまわないって言ったじゃない」

そんなこと言っていない。がらくたが一つずつ運びこまれたあげく最後にマーラ本体も越してくるなんて、絶対にごめんだ。

マーラはキッチンテーブルにフェデックスの包みを置いて紙を破き、発泡スチロールの緩衝材のなかから何やら白い物体を取り出すと、ぼくの鼻先で振った。「これはがらくたじゃないわよ。あんたががらくたって呼んでるこれは、うちのママなの。だからそこをどいて」

マーラが包みから取り出したもの。それはタイラーが石鹸用に精製した、あのサンドイッチ用ポリ袋入りの白い物体だ。

「こんなもので済んでよかったよ」タイラーが言う。「たとえばだ、おまえがあのサンドイッチ用ポリ袋入りのあれをうっかり食っちまってたら？　真夜中に目が覚めて、あの白いぬるぬるを絞り出し、カリフォルニアオニオンスープミックスと混ぜてディップを作り、ポテトチップスにつけて食っちまってたら？　またはブロッコリにつけて」

マーラと二人でキッチンに立っていたあの瞬間、ぼくがこの世のどんなことより避けたかったのは、マーラが冷凍庫を開けることだった。

ぼくは訊いた。その白いものは何に使う？

「ふっくら唇」マーラは言った。「年をとると、唇が口の内側に引っこんで薄くなるでしょ。だから、いまのうちから唇に注入するコラーゲンを溜めてるわけ。お宅の冷凍庫にもう一五キロくらい、コラーゲンを貯蓄してある」

ぼくは訊いた。そんなに溜めて、どこまで厚くするつもりだ？

あたしが怖いのは手術そのものよ、とマーラは言った。

フェデックスの包みに入っていたのは、ぼくらが石鹸の原料にしたあれだ、とぼくはインパラに座ってタイラーに言う。シリコンの危険性が指摘されて以降、しわを消したり、薄い唇や小さすぎる顎をふっくらさせたりするのに注入する物質として、コラーゲンが注目を集めている。マーラの説明によれば、安価に手に入るコラーゲンのほとんどは殺菌精製した牛脂で、その手の安手のコラーゲンは人間の体内では長持ちしない。どこに注入しようと、たとえば唇に注入しても、体が拒絶反応を起こして即座に排泄に取りかかる。半年後には、薄い唇にすっかり逆戻りだ。

マーラによれば、最良のコラーゲンは自分の脂肪だ。太ももの脂肪を吸引し、殺菌精製してたものを唇に注入する。唇に限らず、好きな部位に注入する。この種のコラーゲンは長持ちする。

うちの冷凍庫に保管されているあれは、マーラのコラーゲン信託ファンドだ。マーラの母親は、体のどこかに脂肪が溜まるたび、吸引して包装する。マーラによれば、この脂肪のリサイクルは〝落ち穂拾い〟などと呼ばれている。マーラの母親自身がそのコラーゲンを使わない場合、その包みはマーラに送られてくる。マーラの体には脂肪らしい脂肪がないから、安価な牛脂を使う羽目になるよりは血のつながった人間のコラーゲンを使うほうがいいだろうというのが母親の考えだ。

大通り沿いの街灯が放つ光が窓に下がった販売契約書を透かし、タイラーの頬に〝現状渡し〟の文字を投射する。

「クモが」タイラーが言う。「卵を産みつけ、生まれた幼虫が皮膚の下にトンネルを建設することもある。人生はそのくらい痛いものになりかねない」

とろりと熱いソースをからめたぼくの鶏肉のアーモンド風味揚げは、突如としてマーラの母親の太ももから吸引された物質と同じ味がする。

タイラーがしたことの意味が頭に閃いたのは、マーラと並んでキッチンに立っていたまさにその瞬間だった。

しわしわ。

マーラの母親にチョコレートを送った理由も。

助けて！

ぼくは言う。マーラ、冷凍庫のなかは見ないほうがいい。

マーラが言う。「え、何？」

「おれたちは絶対に赤身の肉を口にしない」鶏の脂肪を使うと石鹸がうまく固まらない、とタイラーはインパラに座って言う。「例のあれのおかげで大金が入ってくる。あのコラーゲンで家賃を払った」

ぼくは言う。きみからマーラに話しておいてくれればよかったのに。マーラはぼくがやったと思ってる。

「鹼化は」とタイラーは言う。「良質の石鹼を作るのに欠かせない化学反応だ。鶏の脂など塩分の多い脂肪ではうまくいかない」

「いいか」とタイラーは言う。「大量の注文が入ってる。またマーラの母親にチョコレートを送ろう。ついでにフルーツケーキも」

その手はもう通用しないとぼくは思う。

結論だけ言うと、マーラは冷凍庫を開けた。まずはちょっとした騒ぎが起きた。ぼくはマーラを止めようとし、するとマーラが持っていた袋がリノリウムの床に落ちて破れ、ぼくらは白いぬめぬめに足を取られてひっくり返り、二人とも吐きそうになる。ぼくは背後からマーラの腰に腕を回し、マーラの髪が鞭のようにぼくの顔を叩く。両腕でマーラの両腕を脇に押さえつけながら、ぼくは何度も何度も繰り返す。ぼくじゃない。ぼくじゃない。やったのはぼくじゃない。

「あたしのママが！　あんた、あたしのママをぶちまけた！」

ぼくは唇をマーラの耳の後ろに押し当てて言う。石鹼を作る必要があった。ぼくのズボンを洗うために、家賃を払うために、漏れたガス管を修理するために。ぼくじゃない。

タイラーがやったんだ。

マーラがわめく。「何の話よ？」それから身をよじってスカートからすり抜けた。ぼくはマーラの柄入りのインド綿のスカートを抱いたままぬらついた床から立ち上がろうと無様に手足をばたつかせ、パンティとウェッジソールの靴とエスニック調ブラウス姿のマーラは冷蔵庫の冷凍庫部分を勢いよく開ける。コラーゲン信託ファンドはきれいに消えていた。

古い懐中電灯用の電池が二本。それだけ。

「ママはどこ？」

そのときにはぼくは尻をついたまま後ずさりを始めている。両手はリノリウムを滑り、靴の踵が滑る。マーラと冷蔵庫を始点に、汚れた床にぼくの尻が描いたきれいな道筋が延びていく。ぼくはスカートを目の前に持ち上げた。打ち明ける瞬間、マーラの顔を見ていたくない。

真実。

ぼくらは石鹸を作った。ママで。マーラのママで。

「石鹸？」

石鹸だ。脂肪を煮る。苛性ソーダを混ぜる。石鹸ができる。

マーラが悲鳴をあげると同時に、ぼくはマーラの顔にスカートを投げつけて逃げた。滑る。走る。

一階じゅうをぐるぐると、マーラはぼくを追いかける。曲がり角で横滑りし、窓枠を手で突いて加速をつける。足が滑る。

壁紙の小花のあいだに脂と床の埃まじりの汚い手形ができる。転び、滑って壁の腰羽目に突っこみ、また立ち上がり、走る。

マーラが叫んでいる。「ママを煮たのね！」

ママを煮たのはタイラーだ。

金切り声をあげるマーラは、ぼくの背中をいまにも引っかけそうな間隔を保って追いかけてくる。

ママを煮たのはタイラーだ。

「あたしのママを煮た！」

玄関のドアは開いたままだった。

次の瞬間、ぼくは玄関の外にいて、マーラはすぐ後ろ、戸口で金切り声をあげている。

ぼくの足は歩道のコンクリートの地面をしっかりととらえ、ぼくはそのまま走り続けた。

やがてタイラーを見つけ、あるいはタイラーがぼくを見つけて、ぼくは一部始終をタイラーに話した。

ビールを一缶ずつ手に、タイラーとぼくはフロントシートとリアシートに体を伸ばす。ぼくはフロントシートだ。こんな夜中になってもまだマーラはうちにいて、雑誌を壁に投げつけ、ぼくを変態野郎と罵り、金に目がくらんだ偽善主義の役立たずとわめいているだろう。マーラとぼくのあいだに広がる何キロメートル分かの夜には、クモと黒色腫と人食いウィルスが潜んでいる。いまいるこの場所もそう悪くない。

「稲妻に直撃されると」タイラーが言う。「頭は焼けてくすぶる野球ボールになり、ジッパーは溶けて開かなくなる」

ぼくは訊く。今夜のぼくらはどん底かな？

タイラーがあおむけになって訊く。「マリリン・モンローがまだ生きてたとしたら、いまごろ何をしてると思う？」

ぼくはおやすみと言った。

天井のぼろぼろの内装がはらりと垂れた下で、タイラーが言う。「棺桶の蓋の裏を引っかいてるだろうな」

12

ぼくのボスは、やけにぼくのデスクの近くに立っている。歯を見せずに唇を横に引き伸ばすいつもの薄笑いを浮かべ、股間はぼくの肘に触れんばかりの位置にある。ぼくは書きかけのリコール実施通知の添え状から目を上げた。こういう添え状の書き出しはいつも同じだ。

「本通知は国家交通自動車安全法に従って送付されるものです。当社では欠陥の存在を認識し……」

今週、負担額判定公式を適用した結果、今回はA×B×Cがリコール総費用を上回った。今週は、ワイパーのゴム製ブレードを留めている小さなプラスチックの部品だ。使い捨ての部品。対象車輌は二百台だけ。人件費はただみたいなものだ。

先週はよくある欠陥だった。法で使用を禁じられている催奇形性物質、合成ニレットとか何とかいう薬剤を使ってなめしたレザーだった。第三世界では現在でもその薬剤を使用している。妊娠中の女性の体内に取りこまれると、先天性欠損症を持った赤ん坊が生まれるおそれが高まる強い薬品だ。先週は誰も運輸省に連絡しなかった。誰もリコールを申請しなかった。

代替のレザーの調達費×人件費×管理コストは、うちの会社の今年度第一四半期の利益を上回る。たとえ会社の過失が指摘され、悲嘆に暮れる多数の家族に賠償を支払うことになったとしても、その合計額は六千五百台分のレザー内装を総取り替えするコストに及ばない。

だが今週はリコール実施だ。そして今週、ぼくの不眠症がぶり返す。不眠症。それに加えて、全世界がぼくの墓の前でちょっと足を止めて糞をしようと決意したらしい。

ボスが灰色のネクタイをしてるから、今日は火曜に違いない。

ボスは一枚の紙を手にぼくのデスクに近づき、探し物はないかねと尋ねる。この紙がコピー機にセットされたままになっていたと言い、声を出して読み始める。

「ファイト・クラブ規則第一条、ファイト・クラブについて口にしてはならない」

ボスの目が紙の上を横に動き、ボスは含み笑いを漏らす。

「ファイト・クラブ規則第二条、ファイト・クラブについて口にしてはならない」

中年太りして、デスクに家族写真を飾り、早期退職して毎年の冬をアリゾノの砂漠にあるトレーラーパークで過ごす夢を見ているぼくのボス、ミスター・ボスの口から、タイラーの言葉が聞こえてくる。やたらに糊《のり》をきかせたワイシャツを着、毎週火曜の昼休み後に散髪の予約を入れているぼくのボスは、ぼくをじっと見たあと、言う。

「きみのでなければいいんだがね」

ぼくはジョーの煮えくり返る憤怒です。

タイラーはファイト・クラブ規則をタイプで清書して十部コピーを取ってくれと言った。九部ではなく、十一部でもない。十部。タイラーは十部と言った。ところがぼくは不眠症で、この三日というもの眠った記憶がない。これはぼくがタイプしたオリジナルだろう。十部コピーしたあとオリジナルを置き忘れた。ぼくの目を射るコピーマシンのまぶしい光はパパラッチのカメラのフラッシュみたいだ。不眠症的非現実感。コピーのコピーのコピー。何一つ手が届かず、何一つこちらに手が届かない。

ぼくのボスが読み上げる。

「ファイト・クラブ規則第三条、ファイトは一対一」

どちらも瞬《まばた》きをしない。

ぼくのボスが読み上げる。

「一度に一ファイト」

いま眠っているというのでないかぎり、ぼくは三日前から眠っていない。ボスがぼくの鼻先に紙を突きつける。これは何だ、とボスは言う。きみは会社の時間を使って遊んでいるのかね？　会社はきみが全神経を仕事に集中することに対して給料を払ってるんだ。つまらん喧嘩ごっこに時間を無駄にするためじゃない。それに、コピー機を私用で使うために給料を払ってるんじゃない。

これは何なんだ？　ボスはぼくの鼻先に紙を突きつける。ボスは訊く。勤務中に空想の世界に行ってしまっている社員にどう処遇すべきだろう？　きみが私の立場だったらどうする？

きみならどうする？

ぼくの頬に開いた孔、青黒く腫れた目、タイラーのキスの形に赤く腫れた手の甲の痕、コピーのコピーのコピーのコピー。

思索。

タイラーがファイト・クラブ規則のコピーを十部作れと言った理由は？

ヒンドゥーの聖牛。

そうですね、とぼくはボスに言う。ぼくなら、その紙について話をする相手をごくごく慎重に選びますね。

ぼくは言う。これを書いたのはどうやら頭のいかれたかなり危険な殺人者か何かのようだし、こんな支離滅裂なたわごとを書く人間なら、勤務時間中に突然、理性を完全に失って、アーマライトＡＲ－180ガス圧作動方式セミオートマチックを抱え、獲物を探してオフィスからオフィスへ歩き回らないともかぎらない。

ボスは黙ってぼくを見る。

ぼくは言う。その男はおそらく、夜ごとに自宅で小さな丸やすりを手に、全部の弾の先端に十文字の切れ目を入れているでしょうね。十字の切れ目を入れておけば、ある朝出勤して、口うるさくて無能で了見がせまく、愚痴ばかり垂れる嫌われ者で意気地なしのボスに一発ぶちこんだとき、その弾丸がやすりで刻んだ溝に沿って割れ、ダムダム弾みたいに体内で花開き、腐った内臓が背後に盛大に飛び散ることになるでしょうから。さあ、ソーセージの皮に使えそうな小腸がスローモーションで破裂して、はらわたのチャクラが開く様を想像してみましょう。

ボスがぼくの鼻先から紙を引っこめた。

続けてください、とぼくは言う。もう少し先まで聞かせてください。

いえ、聞きたいんです、とぼくは言う。なんだかおもしろそうでしょう？　精神が完全に破綻した人間の心の内をのぞくみたいで。

そしてぼくは微笑む。ちっちゃな肛門にそっくりなぼくの頬の孔の縁は、犬の歯茎みたいに青みがかった黒をしている。腫れているせいで伸びきった目の周りの皮膚は、ニスでも塗ったみたいに妙な光沢をたたえている。

ボスは無言でぼくを見る。

ではぼくがお手伝いしましょう、とぼくは言う。

ファイト・クラブ規則第四条、一度に一ファイト。

ボスが紙を確かめ、次にぼくを見る。

ファイト・クラブ規則第五条、シャツと靴は脱いで闘う。

ボスが紙を確かめ、次にぼくを見る。

ぼくは言う。ひょっとしたら、どこまでも病んだこの男は、イーグルアパッチカービン銃を使うかもしれないな。アパッチなら二十発入りマガジンが使えるうえ、重量はわずか四キロですから。アーマライトは五発入りのマガジンしか使えない。三十発もあれば、徹底的にいかれた我らが英雄が役員専用階の豪華なオフィスを一つずつ訪ね、全副社長を殺したあとでもまだ、全取締役分の弾が残ります。

タイラーの言葉がぼくの口から次々と出ていく。以前のぼくは善良そのものだったのに。ぼくは黙ってボスを見る。ボスの目は、青い、青い、紫の混じった薄い青色をしている。JアンドR68セミオートマチックカービン銃もやはり三十発入るマガジンが使えるのに、重量はわずか三キロ強です。

ボスは無言でぼくを見る。

怖いですね、とぼくは言う。十中八九、あなたが何年も前から知ってる人間でしょう。十中八九、その男はあなたのことを知り抜いている。住所、奥さんの勤務先、お子さんたちが通っている学校。

この話はぼくの神経をすり減らし、そして突如として、すごく、ものすごく退屈になる。それに、タイラーがファイト・クラブ規則を十部ほしいと言った理由は？

ぼくは先天性欠損症の原因になりかねないレザー内装の件を知っている。仕入部長の目には合格品と見えたが、三〇〇〇キロも走るとすり切れる欠陥ブレーキライニングの件も知っている。だがあえて口に出す必要はない。

加熱してグラブコンパートメントに入れた地図が燃え出しかねないエアコンの抵抗器の件も知っている。インジェクターの逆火が原因で、生きたまま焼かれた人の数も知っている。ターボチャージャーが爆発し、タービンの羽根が防火壁を突き破って車内に飛びこんだために、脚を膝のところで切断される事故も何度も見た。ぼくは現場で焼け落ちた車を確かに見たのに、報告書の事故原因の項目には〝不明〟と書きこまれている事例にも何度も遭遇した。

いいえ、とぼくは言う。その紙はぼくのではありません。ぼくは二本の指で紙をつまみ、ボスの手から引ったくる。ボスが目を見開いて手を引っこめ、その手を口もとに持って行って吸っている。紙の端で親指が切れたのだろう。ぼくは紙をくしゃりと丸めてデスク脇のくず入れに投げこんだ。

ひょっとしたら、とぼくは言う。拾った紙くずをいちいちぼくのところに持って来ないほうが身のためかもしれませんね。

日曜の夜、ぼくが〝ともに男であり続けよう会〟に行ってみると、トリニティ監督教会の地下室にはほとんど誰もいなかった。いるのはビッグ・ボブ一人だ。全身の筋肉がぼろぼろのぼくは、足を引きずるようにして入って行ったが、心はざわついているし、思考は竜巻みたいに頭のなかを駆け巡っている。不眠症のせいだ。思考が一晩じゅうオンエア状態になる。

朝までずっと考えている。ぼくは眠っているのか。わずかでも眠ったのか。

追い打ちをかけるみたいに、Tシャツの袖から突き出たビッグ・ボブの腕は筋肉布団みたいに太く、硬い表面が光を跳ね返している。ビッグ・ボブが微笑む。ぼくとの再会を喜んでいる。

死んだかと思ったぞと言う。

ああ、とぼくは答える。ぼくも自分は死んだかと思ったよ。

「ところで」ビッグ・ボブが言う。「嬉しいニュースがある」

みんなは？

「嬉しいニュースってのはそれさ」とビッグ・ボブ。「互助グループは解散した。おれは、知らずに来るやつに教えてやるために通ってきてる」

ぼくはまぶたを閉じ、中古の格子縞のソファに崩れ落ちる。

「嬉しいニュースってのは」ビッグ・ボブが続ける。「新しいグループができたことだ。だが、その新しいグループの規則の第一条は、そのグループの話をしないことでね」

え？

ビッグ・ボブが言う。「で、規則の第二条は、そのグループの話をしないことなんだな」

え？　ぼくは目を開ける。

くそ。

「グループの名はファイト・クラブ」ビッグ・ボブが続ける。「街の反対側のつぶれた自動車修理工場で金曜の夜に集会を開いてる。木曜の夜は、別のファイト・クラブがもっとこっち側に近い工場で集会だ」

ぼくはそのどちらも把握していない。

「ファイト・クラブ規則第一条」ビッグ・ボブが続ける。「ファイト・クラブについて口にしてはならない」

水曜、木曜、金曜の夜、タイラーは映写技師をしている。先週、ぼくはタイラーの給与明細を見た。

「ファイト・クラブ規則第二条」ビッグ・ボブが続ける。「ファイト・クラブについて口にしてはならない」

土曜の夜、タイラーはぼくと一緒にファイト・クラブへ行く。

「ファイトは一対一」

日曜の朝、ぼくらは痣だらけになって家に帰り着き、夕方まで睡眠を貪《むさぼ》る。

「一度に一ファイト」ビッグ・ボブが言う。

日曜と月曜の夜、タイラーはウェイターをしている。

「シャツと靴は脱いで闘う」

火曜の夜、タイラーは家で石鹼を作り、薄紙で包んで発送する。ペーパー・ストリート石鹼会社。

「ファイトは」ビッグ・ボブが言う。「決着がつくまで続く。これがファイト・クラブを創った奴が創った規則だ」

ビッグ・ボブが訊く。「そいつを知ってるか？」

「おれは一度も会ったことがないんだ」ビッグ・ボブが続ける。「だが、そいつの名前はタイラー・ダーデンだ」

ペーパー・ストリート石鹼会社。

そいつを知ってるか？

どうかなとぼくは答える。

知ってる、かな。

13

ぼくがリージェント・ホテルに行くと、マーラはバスローブ姿でロビーにいた。マーラは会社に電話をかけてきて、ジムや図書館に寄るんだか、クリーニング屋に寄るんだか、とにかく会社帰りの予定はなかったことにして会いに来てと言った。

マーラが電話をかけてきたのは、ぼくを憎んでいるからだ。

マーラはコラーゲン信託ファンドについてはひとことも言わない。

マーラは、お願いがあるのと言う。今日の午後はずっと部屋のベッドでごろごろしていた。マーラはすでに死んだ住人の部屋に届く宅配サービスの食事で食いつないでいる。宛て先の住人はいま眠っていると言い、代わりに食事を受け取る。手短に言えば、今日の午後、マーラはベッドに寝転がって、正午から二時のあいだに届く宅配サービスを待っていた。マーラの健康保険は二年前から失効したままで、ずっと触診はやめていたが、今朝、触ってみたら、脇の下に腫瘍や結節らしきしこりがあって、その周辺を押すと固くて痛い。しかし愛する人々を怯えさせるのはいやだから相談できず、何でもないなら医者に診《み》てもらう金がもったいない。とはいえ、誰かに相談せずにいられれず、誰かに触って確かめてもらわずにいられない。

マーラの茶色の瞳は、炉で熱せられたあと冷水に突っこまれた動物みたいだ。世間ではそういう手順を焼き入れるとか鍛えるとかと言う。

触診を手伝えば、コラーゲンの件は帳消しにしてもいいとマーラは言う。

マーラがタイラーに連絡しないのは、タイラーを怖がらせたくないからだろう。マーラの判断基準ではぼくは中立の立場にあって、しかもマーラに借りがある。

ぼくらは上階のマーラの部屋に行く。野生動物に年寄りはいない、動物は高齢になれば死ぬものだから、とマーラは言う。病気になったり敏捷性《びんしょう》を失ったりすれば、たちまち強者に殺される。動物はそもそも老いる運命にない。

マーラはベッドに横になり、バスローブのベルトをほどいて、死を忌《い》むべきものにしたのは人間の文明だと言う。老いた動物は自然の法則に反する存在なのに。

珍種。

マーラの体は冷たくて汗をかいている。ぼくは大学生のころできたいぼの話をした。ペニスにできたいぼ。マーラには、ディックに、と婉曲的に言った。大学病院で除去した。いぼを、だ。あとになって親父にその話をした。何年も経ってからだが、親父は笑った。馬鹿だな、天然のいぼつきコンドームを、と言った。女はそういうのを悦ぶんだ。せっかくの神の祝福なのに。

ぼくはマーラのベッド脇に膝をつき、戸外の冷気で冷たいままの指でマーラの冷えきった肌を少しずつ調べていく。一センチごとにマーラの一部をつまむようにして確かめる。マーラは神が与えたもうた天然いぼつきコンドームのいぼこそ女性の子宮頸癌の原因だと言った。

ぼくは大学病院の診察室で紙シートを敷いた診察台に座り、医学生の一人がぼくのディックに液体窒素をスプレーし、それを八名の医学生を見学する。健康保険に未加入だと、そういう目に遭う。ただし彼らはディックとは呼ばず、ペニスと呼び、しかしそいつをどう呼ぼうが、液体窒素を噴きかけると、苛性ソーダで焼かれるみたいに痛いことに違いはない。

ぼくの話を聞いてマーラは笑うが、ぼくの指先がふと止まった瞬間、笑みは消える。ぼくが異常を発見したと思っている。

マーラが息を止め、腹は太鼓のように膨らみ、心臓はぴんと張った太鼓の皮を内側から叩く拳になった。いや、大丈夫だ、手を止めたのは話に意識が行ったからだ、手を止めたのは、一瞬、ぼくらがいるのはマーラの寝室ではなくなっていたからだ。ぼくらは何年も前の大学病院にいて、ぼくのディックは液体窒素をかけられて燃え盛り、ぼくは尻に張りつくシートの上に座っている。やがて医学生の一人がぼくのむき出しの足に目をやったあと、大股に二歩歩いて診察室を出ていった。すぐに本物の医者三人と一緒に戻ってきて、医者たちは液体窒素のスプレーを持った人を肘で押しのけた。

本物の医者の一人がぼくのむき出しの右足をつかみ、ほかの本物の医者たちの前に持ち上げた。三人はぼくの足をひねり、つつき、ポラロイド写真を撮った。足以外の部分、凍りかけの神の贈り物をくっつけた半裸の人間など存在しないかのようだった。この世に存在するのは足だけで、医学生たちは押し合いながらその足をのぞきこむ。

「足のこの赤い染みのようなできものは」医者の一人が訊いた。「いつから？」

医者が言うできものは、母斑。ぼくの右足には母斑があって、親父はよく、ミニチュアのニュージーランドがくっついた臙脂《えんじ》色のオーストラリアと冗談を言った。ぼくが医者にそう説明すると、診察室じゅうのものからすっと空気が抜けた。ぼくのディックは解凍されかけていた。液体窒素を持った学生一人を残して全員が出ていった。その学生も一緒に出ていきたかったんだろう、そのあとぼくと目を合わせないようにしながら、ぼくのディックの先をつまみ、自分のほうに向けて伸ばした。スプレー缶が小さな霧の雲をいぼの残骸に吹きつけた。その感覚は、目を閉じて自分のディックが一〇〇キロの長さになったと想像してくれ。そんなに遠くでもやっぱり痛い。

マーラはぼくの手とタイラーのキスに視線を落とす。

ぼくは医学生に言ってやった。ここらでは誰も母斑を見たことがないのかな。

そういうことではなくて。医学生は言った。みんなその母斑をガンだと思ったんですよ。新種のガンが発見されて、若い男性が何人も亡くなっているんです。ある朝目覚めると、足や足首に赤い染みができている。その染みは消えずに全身に広がり、やがて患者は死ぬんです。

医学生は言った。先生方やみんなが浮足立ったのは、その新種のガンだと思ったからです。いまのところ患者は数えるほどですが、着実に増加しています。

何年も何年も前の話だ。

ガンなんてそんなものだろう、とぼくはマーラに言う。勘違いはあるものだし、それより重要なのは、ほんの一部分がもうだめかもしれないとしても、体の残りの部分を忘れてはいけないということだ。

マーラが言う。「そうね」

液体窒素を手にした学生は治療を終えると、いぼは数日で自然に取れます、と言った。尻に張りつく細長い紙シートの上、ぼくのむき出しの尻の隣に、誰も欲しがらなかったぼくの足のポラロイド写真がある。ぼくは訊いた。これ、もらってもいいかな。

ぼくはいまでもその写真を、自分の部屋の枠つきの鏡の片隅に差している。毎朝、出勤前にその鏡をのぞいて髪をとかしながら、昔、十分間だけガンを患《わずら》ったこと、ガンよりも悪性の病気を患ったことを思い出す。

ぼくはマーラに言った。厚さ三〇センチ近い氷が張っていたのに、感謝祭に祖父とスケートに行かなかったのはその年が初めてだった。祖母は生まれたときから額や腕にあったほくろのうち、危なそうものにいつも小さな丸い絆創膏を貼っていた。やがてほくろは大きくなって周囲がぎざぎざしてきたり、茶色だったものが青や黒に変色したりした。

祖母が最後に退院して帰宅したとき、祖父は祖母のやたらに重たいスーツケースを運びながら、体の左右の釣り合いが取れなくなったみたいだと文句を言った。フランス系カナダ人の祖母は慎み深い女性で、水着姿を人目にさらすことは決してなかったし、用を足すときはかならずシンクの水を流しっぱなしにして音を消した。ルルドの聖母マリア病院で片方の乳房の切除手術を受けたばかりの祖母は祖父にこう切り返した。「あなた、それは私の台詞ですよ」

祖父にとって、その言葉にすべてが凝縮されていた。祖母、ガン、結婚生活、人生。祖父はこの話になるといつも笑う。

マーラは笑わない。でもぼくはマーラを笑わせてやりたい。温めてやりたい。あのコラーゲンの一件を許してもらいたい。触診したけど何もなさそうだよと言ってやりたい。今朝しこりが見つかったんだとしても、ただの勘違いだ。母斑だよ。

マーラの手の甲に、タイラーのキスの痕がある。

マーラを笑わせてやりたいから、最後にクロエを抱き締めたときの話はしない。髪が全部抜けてしまったクロエ、髪のない頭にシルクのスカーフを巻き、黄色い蠟に浸した骸骨みたいなクロエ。クロエが永遠に姿を消す前に、ぼくは最後に一度だけクロエを抱き締めた。まるで海賊だなと言うと、クロエは笑った。海水浴に行くと、ぼくはかならず右足を尻の下に敷いて座る。オーストラリアとニュージーランド。砂に右足を埋めておくこともある。足を見られたら、見た人の心のなかでぼくは死に始めるのではないかと怖い。ぼくが罹っていなかったガンは、いまは当たり前のように広まっている。ぼくはそのことをマーラに話さない。

愛しい人について知らないほうがいいことはたくさんある。

マーラを温めるために、笑わせるために、ぼくは〈アビーの人生相談〉の欄で読んだ話をする。羽振りのいいハンサムな葬儀屋と結婚した女がいた。結婚初夜、夫はバスタブに氷水を張り、氷のように冷えきるまで浸かっているようにと妻に言い、次にベッドに横たわって絶対に動くなよと言ってから、冷たい不感の妻と交わった。

笑えるのは、その女は結婚当初から十年もそれを続けたあと、いまごろになってアビーに手紙を書いたことだ——〝アビー、これには何か意味があると思われますか？〟

14

ぼくが互助グループをいたく気に入っている理由は、相手が死を目前にしていると思うと、人はその相手に全神経を注ぐからだ。

これきり会えないかもしれないとなれば、人はその相手とちゃんと向き合う。金の心配やラジオの歌や乱れた髪はきれいさっぱり消える。

全神経を相手に注ぐ。

自分がしゃべる順番が回ってくるのを待つのではなく、相手の話をちゃんと聞く。

そしていざしゃべる順番が回ってきたとき、作った話はしない。言葉を交わしながら、二人のあいだに何かが築かれ、その会話を通じて双方が変化を経験する。

マーラは最初のしこりを発見したときから互助グループ通いを始めた。

二つ目のしこりが見つかった翌朝、マーラはパンティストッキングの片脚に両足を突っこみ、ぴょんぴょん飛び跳ねながらキッチンに姿を現わした。「見て、人魚よ」

マーラは言った。「男の人がトイレに後ろ向きに座ってオートバイだって言い張るのとは違うから。あたしのこれは本物の偶然」

マーラとぼくが〝ともに男であり続けよう会〟で出会う直前に最初のしこりが見つかり、今度また次のしこりが見つかった。

ぜひ知っておかなければならないのは、マーラはまだ生きているということだ。マーラはぼくに言った。マーラの人生哲学は、いついかなる瞬間にでも死ねることだ。マーラの人生における悲劇は、死なないということだ。

最初のしこりを発見したあとマーラが訪れた診療所の待合室では、三方の壁に並ぶプラスチックの椅子にかかしみたいに痩せ細って肩を落とした母親が座り、ぐにゃりとした人形みたいに疲れ切った子どもたちが母親の膝の上で体を丸めたり、母親の足もとに寝転がったりしていた。子どもたちの目の周りは腐って崩れかけたオレンジやバナナみたいに落ちくぼんで黒く変色し、母親は頭皮にできたひどいおできに何層も積もったふけをかきむしっていた。診療所内の歯という歯はやつれた顔に対比してむやみやたらに大きく見え、歯というのはものをすり砕くのを目的に皮膚を突き破って現われた骨の破片にすぎないという事実を再確認させられた。

健康保険に未加入だと、そういう目に遭う。

世間の常識がまだ現実についていけていなかったころ、大勢のゲイの男たちが子どもを欲しがり、その結果として今や子どもたちは病魔に冒され、母親は死神に脅かされ、父親はすでにあの世に行っていて、いつから体調が悪いか、体重はどのくらい減ったか、子どもには生存している親か保護者はいるかと母親一人ひとりに確認する看護師の声を聞き、小便と酢の匂いが混じった反吐が出そうな悪臭に包まれて座っていたマーラは、こんな目に遭いたくないと思った。

自分が死ぬときは、自分が死にかけていることは知らないままでいたい。

マーラは診療所のすぐ近所のコインランドリーに行き、乾燥機からジーンズを片端から盗むと、中古衣料品店に持ちこんだ。店は一本一五ドルで買い取った。それからマーラは、伝線しにくい超高級パンティストッキングを何本も買った。

「伝線はしないけど」マーラは言う。「ほつれはできるのよね」

不変のものはない。万物が崩壊に向かっている。

同じ人間便所紙と一緒にいるほうが気楽だったから、マーラは互助グループ通いを始めた。誰もが何か悪いところを抱えている。しばらくのあいだ、マーラの心は死人の心拍のように安定した。

マーラはある葬儀屋で生前予約型葬儀の受付の仕事を始め、そこではときおり、ずいぶんと太った男、しかしたいていは太った女が、葬儀屋のショールームでゆで卵立てほどのサイズの骨壺を選んだりする。黒髪をきっちりと結び、ほつれのできたパンティストッキングを穿き、乳房のしこりと死を内側に隠して受付デスクで待っていたマーラは言う。

「マダム。うぬぼれないことね。そんな小さな壺じゃ、焼き上がっても頭の骨一つ入らないわ。戻って、ボウリングのボールくらいの大きさの壺を選んできてください」

マーラの心はぼくの顔と同じだ。世界の糞にがらくた。使用済み便所紙をあえてリサイクルしようなんて人間はどこにもいない。

互助グループ通いと診療所通いで大勢のいまはもう死んだ人たちと知り合ったとマーラは言った。みんな死んであの世にいて、日が暮れると電話をよこす。マーラがバーで飲んでいると、バーテンダーがマーラって人に電話だよと言い、マーラが受話器を受け取ると、電話は切れている。

そのときは、自分はどん底に落ちたのだと思った。

「二十四歳の人間には」とマーラは言う。「どん底がどのくらい深いものかなんて想像もつかないけど、あたしは覚えが速いの」

初めて骨壺に骨を収めたとき、マーラは防護マスクをしていなかった。あとで鼻をかんだら、ティッシュにミスター誰かの残りがついて黒くなった。

ペーパー・ストリートの貸家では、電話のベルが一度だけ鳴り、受話器を取ったら電話が切れているとき、誰かがマーラと連絡を取りたがっているのだとわかる。そういうことは意外なほど何度も繰り返された。

ペーパー・ストリートの借家では、ぼくのコンドミニアムの爆発事件に関して警察から電話がかかるようになり、ぼくは一方の耳に受話器を押し当て、刑事は自家製ダイナマイトの作り方を知っている友人はいるかと訊き、タイラーはぼくの肩の辺りに胸を押し当てるようにして立ち、ぼくのもう片方の耳もとでささやく。

「災難は」とタイラーはささやく。「悲劇と死に向かうぼくの進化におけるしごく当然の通過点です」

ぼくのコンドミニアムを吹き飛ばしたのは冷蔵庫だ、とぼくは刑事に言った。

「ぼくは肉体が持つ力や所有物に対する執着を断とうとしています」とタイラーはささやいた。「なぜなら、自己破壊を通してのみ、ぼくの精神のより大きな力を見出すことが可能だからです」

ダイナマイトには不純物が混じっていたと刑事は言った。蓚酸《しゅうさん》アンモニウムと過塩素酸カリウムが混じっていた。それは爆弾が手製である可能性を示す。それに玄関のデッドボルトが壊されていた。

その夜はワシントンDCにいましたとぼくは言った。

すると電話をかけてきた刑事は、何者かがデッドボルトにフレオンをスプレーして凍らせ、たがねで錠を叩いてシリンダーを破壊したと説明した。自転車泥棒の手口だ。

「ぼくの所有物を破壊する解放者は」タイラーが言った。「ぼくの魂を救済するために闘っているんです。ぼくの行く道にあるすべての財産を取り除く師は、ぼくを解放するでしょう」

刑事によれば、手製のダイナマイトを仕掛けた人物は、爆発の何日か前にガスレンジの火をつけたうえで口火を吹き消したのかもしれない。ガスは単なるトリガーだった。ガスがコンドミニアム内に充満するのに何日もかかっただろう。そしてついに冷蔵庫の底部のコンプレッサーに届き、コンプレッサーの電気モーターが爆発を引き起こした。

「そいつにこう言ってやれ」タイラーがささやく。「そうです、ぼくがやりました。ぼくが何もかも吹き飛ばしましたってさ。刑事が聞きたがっているのはそれだ」

ぼくは刑事に言う。いいえ、ガスをつけっぱなしで出張に出たりはしませんでした。ぼくは自分の人生が気に入っていました。あのコンドミニアムが気に入っていました。家具の一つ一つが気に入っていました。あれがぼくの人生だったんです。ランプ、椅子、ラグ、すべてがぼくだった。食器棚にあった皿がぼくだった。観葉植物がぼくだった。テレビがぼくだった。吹き飛んだのはぼく自身なんです。わかりませんか？

刑事は無断で旅行に出ないようにと言った。

15

ミスター全米映写技師およびフリーランス映写技師組合連合地方支部の支部長閣下は、無言で座っていた。

その男が当たり前だと信じて疑わないすべての物事の下と後ろと内側で、身の毛のよだつ何かが成長していた。

不変のものはない。

万物が崩壊に向かっている。

ぼくがそれを知っているのは、タイラーが知っているからだ。

過去三年間、タイラーは多数の映画館に雇われてフィルムをつなぎ、元どおりにばらす作業を続けていた。映画フィルムは、六巻から七巻の短いフィルムに分けられ、金属ケースに収められて映画館から映画館へと運ばれる。タイラーの仕事は、自動フィルム繰り出し・自動フィルム巻き取り機能付きの映写機用で映写できるよう、短いフィルムをつなぎあわせて五フィートのリール一巻にまとめることだった。三年×七劇場×少なくとも各劇場三スクリーン×毎週新作公開として計算すると、タイラーが扱ったフィルムは数百本に上る。

あいにく、自動フィルム繰り出し・自動巻き取り機能付き映写機を使う劇場が増えるにつれ、組合はタイラーをさほど必要としなくなった。というわけで支部長閣下はタイラーと話し合いを持つ必要に迫られた。

仕事は単調だし、給料は雀の涙ほどだから、全米連合および映写技師映写フリーランス技師組合地方支部の支部長閣下は、巧みな言葉使いを用いて、支部の判断はタイラー・ダーデンの今後を思ってのことだと言った。

排斥とは考えないでくれ。ダウンサイジングだと思ってくれ。

支部長閣下は臆面もなく言った。「組合は、組合の成功におけるきみの貢献を評価している」

いや、おれは恨んだりしないよ、とタイラーは愛想よく笑った。給料支払小切手が組合から送られてきているあいだは他言しない。

タイラーは言った。「早期退職だと思ってくれ。年金つきの早期退職」

タイラーが扱ったフィルムは数百本にのぼる。

フィルムはすでに配給元に返されている。フィルムはすでに配給会社に返却されている。コメディ。ドラマ。ミュージカル。ロマンス。アクション。

タイラーの一コマポルノが挿入されたまま。同性愛行為。フェラチオ。クンニリングス。ＳＭ。失うものは何もない。

おれは世界の捨て駒、世の全員の廃棄物だ。

タイラーはリハーサルをして、プレスマン・ホテル支配人に言うべき台詞をぼくの頭に叩きこんだ。

タイラーのもう一つの勤務先プレスマン・ホテルでは、自分は存在しないも同然の存在だと言った。生きていようが死のうが誰も気にしない。とはいえ、そんなのはお互い様だ。タイラーは、ドアの前に警備員が常時張りついている支配人のオフィスでそう言えとぼくに言った。

すべて片づいたあと、ぼくらは夜更かしをして武勇伝を交換した。

映写技師組合から帰った直後、タイラーはプレスマン・ホテル支配人との対決にぼくを送りこんだ。

タイラーとぼくはますます一卵性双生児みたいに似てきていた。どちらも頬に殴られて皮膚が破れた痕があり、肌は記憶喪失に陥って、殴られてずれたあと、どこに戻ったらいいか忘れてしまっている。

ぼくの痣はファイト・クラブでできたもので、タイラーの顔は映写技師組合支部長に殴られて原形をとどめていなかった。タイラーが言うようにして組合をあとにするのと入れ違いに、ぼくはプレスマン・ホテルの支配人に会いに行った。

ぼくはプレスマン・ホテル支配人のオフィスに腰を下ろした。

ぼくはジョーの薄ら笑いを張りつけた復讐心です。

支配人は開口一番、話す時間を三分やろうと言った。最初の三十秒を使って、ぼくはスープに小便を混ぜ、クレームブリュレに屁をひり、エンダイブの蒸し煮にくしゃみをかけていたと話した。今後は平均週給＋チップと同額の小切手を毎週送ってほしい。その条件を呑んでくれるなら、ぼくはもうここで働かないし、新聞社や保健所に乗りこんで、涙ながらに支離滅裂な告白をすることもない。

見出し。

心を病んだウェイター、料理汚染を認める。

もちろん、とぼくは言った。刑務所に行くことになるかもしれない。世間はぼくを縛り首にし、ぼくの金玉を引っこ抜き、市中を引き回し、皮を剝ぎ、苛性ソーダで焼くかもしれないが、プレスマン・ホテルは、世界でもっとももリッチな人々に小便を食わせたホテルとして、未来永劫、人々の記憶に残るだろう。

タイラーの言葉がぼくの口から次々と出ていく。

以前のぼくは善良そのものだったのに。

映写技師組合の事務所で支部長に殴られると、タイラーは笑った。一発でタイラーは椅子から転げ落ち、壁にもたれて座ると、笑った。

「気の済むまでやれよ、どうせあんたにはおれを殺せない」タイラーは笑いながらいった。「愚かな野郎だ。おれを好きなだけ叩きのめすといい。だが、おれを殺すことはできない」

あんたには失うものが多すぎる。

おれには何もない。

あんたはすべてを持っている。

やれよ、ほら、腹の真ん中に一発。顔にも一発。歯をへし折ったってかまわない。ただし、小切手はちゃんと送れよ。おれの肋骨を折ったっていい。だが一度でも小切手が届かないことがあったら、マスコミに持ちこむからな。そうなればあんたやあんたのつまらない組合は、全国の劇場オーナーと映画配給会社、それに子どもが『バンビ』の中で勃起した一物を目撃しちまった全国のママたちから訴えられる。

「おれはくずだ」タイラーは言った。「あんたや世間から見れば、おれはくずで糞で、頭がいかれてる」タイラーは支部長に言った。「おれがどこに住んでいようがどう感じていようが、何を食っていようが、あんたは気にもかけない。子供をちゃんと食べさせられてるのか、病気になったら医者に治療代を払えるのか、気にしたことなんかない。それにそうさ、おれは馬鹿で、暇で、弱いな。だがそれでもあんたはおれって荷物を背負っていかなくちゃならない」

プレスマン・ホテルのオフィスに座ったぼくのファイト・クラブ後の唇は、そのときもまだ、十くらいに分裂していた。ぼくの頬にできた肛門がプレスマン・ホテル支配人を見つめていて、ぼくの話にそこはかとない説得力を与えていた。

ぼくはおおむね、タイラーが言ったとおりのことを言った。

組合支部長閣下はタイラーを床に組み伏せ、タイラーに反撃する意思なしと見て取ると、もともとそんなに大きく強くても何の使い道もないのに、必要以上に大きくて強い体をした閣下は、ウィングチップの靴先をタイラーの肋骨にめりこませた。タイラーは笑った。タイラーがボールみたいに体を丸めると、閣下は次にタイラーの腰のあたりにウィングチップをめりこませた。それでもタイラーはまだ笑っていた。

「全部発散しちまえ」タイラーは言った。「本当さ、すっきりするぜ。最高の気分が待ってるよ」

プレスマン・ホテルのオフィスでぼくは支配人に断って電話を借り、新聞の地元支局の番号をダイヤルした。ホテルの支配人の視線を感じながら、ぼくは言った。

もしもし、ぼくは政治運動の一環として人類に対して恐ろしい罪を犯しました。サービス業界に従事する労働者が搾取に耐えている現状を世に訴えるのが動機です。

もし刑務所行きになったら、ぼくはスープに一物を突っこむ情緒不安定な日雇い労働者というだけではなくなるでしょう。

持たざる者の味方、ロビンフッド・ザ・ウェイター参上。

そうなれば、ホテル一つとウェイター一人の問題ではすまなくなります。

プレスマン・ホテル支配人は、きわめて優しい手つきで受話器をぼくの手から取り上げた。きみには今後このホテルで働いてもらいたくはないな。そんな顔ではね。

ぼくは支配人のデスクの際に立って言う。え？　いい、これがお気に召さないって？

次の瞬間、やはり支配人を見据えたまま、ぼくは大きく拳を振り回し、遠心力を利用して、自分の鼻のひび割れたかさぶたから鮮血を飛び散らせた。

どういうわけだろう、タイラーと初めてファイトをした夜を思い出す。おれを力いっぱい殴ってくれ。

さほどきついパンチじゃない。ぼくはもう一度自分に拳をぶちこむ。それで充分とも思えた。おびただしい血液。だがぼくはものすごい音を立てて壁にぶつかって行き、そこにかけてあった絵を破壊する。

ぼくはピエロのようにふざけ回り、ガラスの破片と額と花を描いた絵と血液が床にぶちまけられる。ぼくは間抜けな振りつけで踊り回る。血が絨毯に落ち、ぼくはホテル支配人のデスクの端に化け物みたいな手形をいくつも転写しながら懇願する。お願いです、もう勘弁してください。そしてぼくは肩を揺すって笑う。

勘弁してください、後生だから。

もう殴らないでください。

ぼくはまた床に滑り落ち、這いずり回って絨毯に血をなすりつける。次にぼくが口にする予定の言葉は〝お願い《プリーズ》〟だ。だからぼくは唇を結んでおく。ペルシャ絨毯に編みこまれた優美な花束や花輪の上をモンスターが這い回る。血が鼻の奥から喉や口に流れこみ、熱い味が広がる。モンスターは絨毯を這って横切る。鉤爪に入りこんだ熱い血が糸くずや埃をくっつける。モンスターはプレスマン・ホテル支配人のピンストライプのズボンを穿いた足もとまで来ると、用意していた言葉を発する。

プリーズ。

さあ、言え。

〝プリーズ〟は血の泡となって吐き出される。

言え。

プリーズ。

泡が血を辺り一面に撒き散らす。

こうしてタイラーはすべての曜日にファイト・クラブを開催できることになった。このあと、ファイト・クラブは七つになり、まもなく十五に増え、さらにそのあと二十三に増え、タイラーはまだ増やそうとした。もう金に困ることはない。

ぼくはプレスマン・ホテル支配人に懇願する。お願いだ、金をくれよ。そしてぼくはふたたび声にならない笑いを漏らす。

お願いだ。

それに、後生だからもう殴らないでください。

あんたには失うものが多すぎる。ぼくには何もない。ぼくはピンストライプの脚に血を散らしながら這い上る。プレスマン・ホテル支配人は背後の窓枠に両手をついて体を限界までのけぞらせている。もとより薄い唇まで懸命に前歯から退却しようとしている。

モンスターが血だらけの鉤爪を支配人のズボンのウェストにひっかけ、それにすがりながら体を引きずり上げて糊のきいた真っ白なシャツをつかむ。ぼくは血まみれの両手を支配人のすべすべした手首にからみつかせる。

お願いだ。唇が裂けるまで大きな笑みを作る。

支配人は悲鳴をあげ、ぼくとぼくの血とぼくのつぶれた鼻から自分の両手を取り返そうとしてそのまま揉み合いになる。ぼくらの体になすりつけられた血に塵《ちり》や埃がこびりつく。

そして一番の見せ場が訪れた瞬間、警備員がオフィスに踏みこんできた。

16

今朝の新聞に記事が出ていた。何者かがヘイン・タワーの十階から十五階のオフィスに侵入し、窓を乗り越えて外に出て、ビルの南側壁面に不敵な笑いを浮かべる五階分の高さの顔を描き、巨大な両目の中心の窓に火をつけた。巨大な目はぎらぎらと燃え、命を持ち、誰ひとり逃れることのできない視線が夜明けの街を見下ろした。

新聞の第一面に掲載された写真を見ると、それは空に浮かぶ怖い顔をしたカボチャ、日本の般若《はんにゃ》の面、大欲の竜だ。たなびく煙は、魔女の眉か悪魔の角に見える。人々はそれを見上げて口々に叫んだ。

何を意味してる?

誰があんなものを? 火が消えたあともなお顔はそこに残り、いっそう醜悪な様相を呈した。うつろな目は通りを行き交う人々をじっと追いかけ、同時に死んでいた。

この種の事件の報道が増えている。

もちろんその手の記事を読んで最初に頭に浮かぶ疑問は、果たして騒乱プロジェクトの活動の一環なのかどうかだ。

新聞の記事によれば、警察は手がかりらしきものを何一つ得ていない。非行少年グループか宇宙人か、誰の仕業にしろ、外壁の出っ張りを伝い、黒いスプレー塗料を手に窓枠にぶら下がっているあいだに墜落死することだってありえた。

悪ふざけコミッティか、放火コミッティか。あの巨大な顔はきっと、先週割り当てられた課題だったのだろう。

タイラーに訊けば知っているだろうが、騒乱プロジェクト規則第一条は、騒乱プロジェクトについて質問をしてはならない、だ。

騒乱プロジェクト強襲コミッティの今週のミーティングで、銃について必要な知識をざっと説明したとタイラーは言う。銃がすることは一つ、爆風や爆圧を一方向に集中させることだけだ。

強襲コミッティの前回のミーティングに、タイラーは銃と職業別電話帳を持参した。強襲コミッティはいつも、土曜の夜にファイト・クラブが集会を開く地下室にあつまる。各コミッティの定例ミーティングの曜日は決まっている。

放火は月曜。

強襲は火曜。

悪ふざけは水曜。

情報操作は木曜。

組織的カオス。無政府統治。わけがわからない。

互助グループだ。一種の互助グループ。

というわけで火曜の夜、強襲コミッティは翌週の課題を提案し、タイラーは提案に目を通したあと、コミッティに課題を与える。

来週の火曜日を期限に、強襲コミッティの各メンバーは、どこかで誰かを挑発してファイトしなくてはならない。ただし、自分が勝ってはならない。ファイト・クラブでのファイトは勘定に入らない。言うは易く、行なうは難し。街行く人々はふつう、喧嘩に巻きこまれないように用心している。

推奨される手順はこうだ。ファイト経験のない通りすがりの誰かをつかまえ、生まれて初めての勝利の味を教える。思いきり発散させる。こっちをこてんぱんに叩きのめす許可を与える。

大丈夫、やれる。こっちが勝ってしまったら失敗だ。

「諸君、我々が肝に銘じるべきは」タイフーはメンバーの前で言った。「自分にまだどれだけの力が残っているか、世の男たちに再認識させることだ」

それがタイラーがいつも飛ばす檄《げき》だ。それからタイラーは、前に置いた段ボール箱から折り畳んだ四角い紙を一枚ずつ取り出して開く。各コミッティはそうやって翌週の課題を提案する。提案用紙の綴《つづ》りの一枚に課題を書く。一枚を破り、折り畳み、提案箱に入れる。タイラーは目を通しながら、馬鹿げた提案は捨てる。

捨てた提案一枚と引き換えに、白紙を一枚折って箱に戻す。

次に全メンバーが箱から一枚ずつ提案を引く。タイラーの説明によれば、白紙を引いたメンバーは、その週、別に与えられた自分の宿題だけをこなせばいい。

提案を引いたメンバーは、たとえば今度の土日に輸入ビール祭に出かけ、化学処理式移動トイレに誰かを突き落とさなければならない。そのせいでぼこぼこに殴られたりすれば、さらに株が上がる。あるいは、ショッピングセンターの吹き抜けで開催されるファッションショーに行き、中二階のバルコニーからイチゴゼリーを撒き散らさなければならない。

逮捕されれば、強襲コミッティから除名される。笑えば、コミッティから除名される。

誰が提案を引いたか誰も知らず、どんな提案が出されたか、どれが採用されてどれがごみ箱行きになったか、知っているのはタイラーだけだ。その週の終わりごろ、身元不詳の男がダウンタウンで走行中のジャガーのドライバーに突然襲いかかり、コントロールを失ったジャガーがそのまま噴水に突っこんだという記事を新聞で目にするかもしれない。

そして考える。これは自分が引き当てる可能性のあった提案なのだろうか？

そして翌週の火曜の晩、ファイト・クラブの暗い地下室に一つだけ灯った明かりの下で、強襲コミッティのメンバーの顔を一つずつ確かめながら、ジャガーを噴水に突っこませたのは誰だろうかとまた考える。

美術館の屋根によじ登り、彫刻が展示された中庭で開かれていたパーティの客をペイント弾で狙撃したのは誰だ？

ヘイン・タワーに燃え盛る悪魔の顔を作ったのはどいつだ？

ヘイン・タワーの任務決行の夜、見習い弁護士や簿記係やメッセンジャーの一団。彼らはふだん自分たちが座っているオフィスに忍びこむ。騒乱プロジェクト規則には反するが、ひょっとすると少し飲んでいたりもするかもしれない。使える場所では合鍵を使い、ほかの場所では缶からフレオンをスプレーしてシリンダーごと錠を破壊し、高層ビルのファサードの煉瓦の絶壁にザイルを垂らし、ザイルを握る仲間を信じて身を躍《おど》らせ、左右に揺れながら、自分の人生が一度に一時間ずつ終わっていくのを日々実感しているオフィスで即死の危険を冒す。

翌朝、同じ事務員や営業マンがネクタイを締めて群衆に交じり、髪をきっちりなでつけ、睡眠不足でくらくらはしているが酒には酔っていない頭をのけぞらせ、割れてくすぶる瞳孔から水を流す巨大な目を見上げ、誰がこんなことをといぶかる人々の声や、みなさん下がってくださいと呼びかける警察官の声を聞く。

タイラーが内緒でぼくに教えたところでは、実行に値する提案数は週にせいぜい四件程度で、各メンバーが白紙ではなく本物の提案を引く確率はざっと十分の四だ。強襲コミッティにはタイラーを含めて二十五名の委員がいる。それとは別に全員が宿題を与えられる。たとえば通りで喧嘩をして負けるとか。そのうえで全員が提案のくじを引く。

今週、タイラーはメンバーに命じた。「どこかで銃を買え」

タイラーは一人に職業別電話帳を渡し、広告ページを一枚破れと命じた。破ったら電話帳を次のメンバーに回す。二人のメンバーが同じ店で銃を買ったり同じ場所で撃ったりしてはならない。

「これが」タイラーはそう言ってコートのポケットから銃を取り出す。「これが銃だ。二週間後、これと同程度のサイズの銃を手に入れてミーティングに持参すること」

「現金払いを強く勧める」タイラーは続けた。「次のミーティングで全員が銃を交換し、自分が購入した銃の盗難届を出す」

質問は誰からも出ない。質問をしないのが騒乱プロジェクト規則第一条だ。

タイラーは自分の銃を回覧した。小さいくせにずっしりと重い。山とか太陽といった巨大な物体が崩壊して溶けてそれができたとでもいうみたいだ。メンバーは二本指で銃を持ち上げる。弾は入っているのかと誰もが確かめたいが、騒乱プロジェクト規則第二条は質問をしてはならない、だ。

弾はこめられていたかもしれないし、こめられていなかったのかもしれない。人はたぶん、つねに最悪の事態を想定すべきだ。

「銃は」タイラーが言った。「単純で完璧だ。引鉄を引くだけでいい」

騒乱プロジェクト規則第三条は、言い訳をしない、だ。

「引鉄が」タイラーが言った。「撃鉄を解放し、撃鉄が火薬を叩く」

第四条は嘘をつかない、だ。

「火薬が爆発して弾の広いほうの端を勢いよく押し出し、銃身が爆風とロケットのように飛ぶ弾を方向づける」とタイラーは言った。「大砲から発射される人間、地下ミサイル格納庫から発射されるミサイル、諸君の精液のように」

騒乱プロジェクト創設にあたってタイラーは、騒乱プロジェクトの最終目標に他人は無関係だと言った。他人が負傷しようがしまいが関係ない。最終目標は、プロジェクトのメンバー一人一人に歴史を支配する力が備わっていることを当人たちに認識させることだ。我々には、我々一人ひとりに、世界を支配する力がある。

タイラーが騒乱プロジェクト創設したのは、ファイト・クラブでだった。

ある晩のファイト・クラブで、ぼくは新入りを指名した。その土曜の夜、天使の顔をした若者がファイト・クラブに初めて参加し、ぼくはそいつをファイトの相手に指名した。それが規則だ。ファイト・クラブに初めて参加した者は今夜かならずファイトしなくてはならない。それを知っていたから、ぼくはその若者を指名した。また不眠症がぶり返していて、何か美しいものを破壊したい気分だった。

ぼくの顔の大部分は治癒する機会をまったく与えられておらず、ぼくの容姿がいま以上の被害を被《こうむ》ることはない。会社のボスは、決して治癒しない頬の穴をそのままにしておくつもりかと訊いた。そこでぼくは、いいえ、コーヒーを飲むときは漏れないようにちゃんと二本指を突っこんでますよと答えた。

頸動脈を圧迫し、意識を失う寸前まで脳を低酸素状態にするスリーパー・ホールドという技がある。その夜のファイト・クラブでぼくは新人くんを殴り、ミスター・エンジェルの美しい顔をさんざんに殴りつけた。まずは骨張って関節が鋭く浮いた拳で杭打ち機のように叩き、唇から突き出した天使の歯にぶつかった関節が痛み始めると、今度は拳をきつく握って小指の側からがんがん振り下ろした。やがて若者はぼくの腕のなかから滑り落ち、小山になった。

あとになってからタイラーは、何かをあそこまで破壊し尽くすぼくの姿は初めて見たと言った。その晩、タイラーは、ファイト・クラブをもう一段階進化させるか、さもなくば閉鎖するしかないと悟った。

翌朝の食事の席でタイラーは言った。「おまえ、気でもふれたみたいだったぞ。いったいどうした？」

ぼくは、最悪の気分だし、緊張がほどける感覚もまるでないと言った。高揚感などこれっぽっちもない。中毒になったのかもしれない。闘うことに対する免疫は少しずつ強くなる。ひょっとするとぼくにはもっと強い刺激が必要なのかもしれない。

タイラーが騒乱プロジェクトを創設したのはその朝のことだった。

タイラーは、ぼくが闘っている本当の相手は何かと訊いた。

社会のくずであることと歴史の奴隷であることに関してタイラーがいつも言っているとおりの気分だった。自分が恵まれなかった美しいものをすべて破壊したかった。アマゾンの熱帯雨林を焼き尽くしたかった。フロンを空に噴射してオゾン層を破壊したかった。スーパータンカーの放出バルブを全開にしたり、海底油田の蓋を取り除いたりしたかった。ぼくには買って食べるゆとりのない魚を全部殺し、ぼくが行けることのないフランスのビーチを絞め殺してしまいたかった。

全世界をどん底に突き落としたかった。

あの若者に拳を振り下ろしたとき、ぼくが本当にしたかったのは、種の保存のためのセックスを拒絶して絶滅の危機に瀕《ひん》しているパンダや、海岸に乗り上げる根性なしのクジラやイルカの眉間に、片端から弾丸を撃ちこむことだった。

絶滅とは考えないでもらいたい。ダウンサイジングだと思ってくれ。

人類は過去数千年にわたってこの惑星を痛めつけ、叩き壊し、踏みつけてきた。そしていま、歴史は、ぼくに過去の全人類の尻拭いを押しつけようとしている。スープの空き缶は洗って潰さなければならない。汚れたエンジンオイルは一滴たりとも無責任に垂れ流してはならない。

そのうえぼくは、自分がまだ生まれてもいなかった時代に出された放射性廃棄物や地中に投棄されたガソリンタンクや埋め立てに使われた有毒汚泥のつけを払わなくてはならない。

ぼくはミスター・エンジェルの頭を赤ん坊かフットボールみたいに脇の下に抱えこみ、拳骨で殴った。歯が折れて唇を突き通るまで殴った。それから、ミスター・エンジェルがぼくの腕から床に滑り落ちて動かない小山になるまで、肘を使ってミスター・エンジェルを殴った。頬骨の皮膚が叩き伸ばされ、どす黒く染まるまで殴った。

ぼくは煙を呼吸したかった。

野鳥やシカは不釣り合いな贅沢品だ。魚はすべて死んで水面に浮くべきだ。ルーブル美術館を焼いてしまいたかった。大英博物館のエルギン・マーブルをハンマーで叩き壊し、モナリザでケツを拭いてやりたかった。これはもうぼくの世界なんだ。

これはぼくの世界だ、ぼくの世界で、古代人は死んでもういない。

タイラーが騒乱プロジェクトを創設したのは、その朝、朝食の席でだった。

ぼくらは世界を吹き飛ばして歴史から解放してやりたいと思った。

ペーパー・ストリートの借家で一緒に朝食を食べていると、タイラーは、忘れ去られたゴルフコースの十五番グリーンにラディッシュの種を蒔《ま》き、ジャガイモを植えるところを想像してみろと言った。

ロックフェラーセンターの廃墟を囲む湿り気の多い谷間の森でヘラジカを狩り、骨組みだけになって四五度に傾いたスペースニードルの塔のふもとで潮干狩りをする。立ち並ぶ高層ビルに顔を描いてトーテムポールやティキの像に変身させ、日が暮れるころ、人類の生き残りたちは空《から》の動物園に退却し、檻に入って錠を下ろして、夜になると檻の前を行きつ戻りつしながら人を狙うクマやライオンやオオカミから身を守る。

「リサイクルや速度制限なんか無意味だ」タイラーは言った。「臨終を宣告されてから禁煙するようなものさ」

世界を救うのは騒乱プロジェクトだ。文化の氷河期。前倒しされた暗黒時代。騒乱プロジェクトは、地球が元の姿を取り戻すまで、強引に人類を休眠、あるいは服役させる。

「アナーキーの正当性を定義してみろ」タイラーは言う。「その頭で考えろ」

ファイト・クラブが事務員や食品雑貨梱包係を解体するように、騒乱プロジェクトは文明を解体して、よりよい世界を創り直す。

「想像してみろ」とタイラーは言った。「デパートのウィンドウの前を過ぎ、腐りかけた優雅なドレスやタキシードが並ぶ悪臭ぷんぷんのラックの列を縫うようにしてヘラジカを追う。人間には死ぬまで擦り切れない皮の服がある。手首ほども太さのあるクズのつるを伝ってシアーズ・タワーを登る。ジャックと豆の木だ。水滴を滴らせる葉や枝のあいだを抜けててっぺんに出ると、空気が澄み渡っているおかげではるかかなたまで見晴らすことができる。真夏の太陽が照りつけるなか、長さ一五〇〇キロ、八車線のスーパーハイウェイの、空っぽの相乗り専用レーンでトウモロコシを挽いたり、細く裂いたシカ肉を干したりしている小さな人影までしっかり見える」

騒乱プロジェクトの最終目標はそれだ、とタイラーは言った。文明を徹底的に、かつ即座に破壊することだ。

その次の目標は、タイラー以外の誰も知らない。規則第二条は、質問をしてはならない、だからだ。

「弾は買うな」タイラーは襲撃コミッティに命じた。「それから、心配だろうからあらかじめ言っておくが、そのとおり、諸君はいずれ誰かを殺すことになる」

放火。強襲。悪ふざけと情報操作。

質問は禁止。質問は禁止。言い訳は禁止。嘘は禁止。

騒乱プロジェクト規則第五条は、タイラーを信じること、だ。

17

ぼくのボスはまた紙切れを持ってぼくのデスクに近づき、それをぼくの肘の脇に置いた。ぼくはもうネクタイさえ締めなくなった。ボスが青いネクタイをしてるから、今日は木曜日に違いない。ボスのオフィスのドアはいつも閉まっているし、ボスがコピー機に置きっ放しだったファイト・クラブ規則を発見し、ことによるとぼくはショットガンをぶっ放してボスのはらわたを吹き飛ばすかもしれないとほのめかしたあの日以来、ぼくとボスは日にせいぜい二言くらいしか言葉を交わさない。ぼくだけが懲りもせずにピエロを演じている。

運輸省審査部に電話するのもいいかもしれない。衝突実験で一度も合格しないまま生産に入ったフロントシートの固定金具の件がある。

探すべき場所さえ知っていれば、そこらじゅうに秘密が埋まっている。

おはようございます、とぼくは言う。

「おはよう」とボスが言う。

タイプしてコピーしてくれとタイラーに頼まれた、極秘重要秘密書類がぼくの肘の脇に置かれている。一週間前、タイラーはペーパー・ストリートの借家の地下室を歩測した。家の表側の壁から裏手の壁までが靴六十五足分、左右が靴四十足分。タイラーは頭に浮かぶ考えをそのまま声に出していた。タイラーがぼくに訊く。「六×七は？」

四十二。

「四十二×三は？」

百二十六。

タイラーは手書きのリストを手渡し、タイプして七十二部コピーしろと言った。

どうしてそんなに？

「それは」タイラーは答えた。「陸軍払い下げの三段ベッドを使えば、それだけの人数が地下室に寝泊まりできるからだ」

その連中の荷物は？

タイラーは言った。「そのリストに載ってるものしか持参しないし、その量ならマットレスの下にすべて収まる」

ぼくのボスはコピー機に置きっ放しだったリストを見つけ、コピー機のカウンターはまだ七十二にセットされていて、リストにはこう書かれている。

「必須品目をすべて持参した場合でも入門が許可される保証はないが、志願者は以下に掲げる品目および埋葬費五〇〇ドルちょうどをかならず持参しなければならない」

困窮者の埋葬は三〇〇ドルからで、しかもいま値上がりを続けているとタイラーは言った。死んだとき、最低でも埋葬費を身につけていなければ、遺体は解剖実習に回される。

修業生が万が一殺された場合でも、その死が騒乱プロジェクトの負担とならないよう、修業生はその金をいつも靴に入れて携帯していなければならない。

金のほかに、志願者は以下の品目を持参すること。

黒いシャツ二枚。

黒いズボン二本。

丈夫な黒靴一足。

黒い靴下二足と装飾のない下着二枚。

厚手の黒いコート一着。

以上には、志願の際に身につけている衣類を含む。

白いタオル一本。

陸軍払い下げの簡易寝台用マットレス一枚。

白いプラスチックボウル一個。

会社のデスクでは、ボスはまだすぐ脇に突っ立っている。ぼくはオリジナルのリストを拾い上げ、どうも、と礼を言う。ボスは自分のオフィスに入っていき、ぼくはコンピューターのソリテアゲームを再開する。

退社し、タイラーにコピーを渡し、数日が過ぎる。出勤する。

帰宅する。

出勤する。

ぼくは帰宅し、すると玄関のポーチに男が一人立っている。二組目の黒シャツと黒ズボンを茶色い紙袋に入れた玄関前の男は、最後の三品目、白いタオルと陸軍払い下げのマットレスとプラスチックボウルをポーチの手すりに置いている。タイラーとぼくは上階の窓からこっそりそいつを観察する。タイラーはあいつを追い払って来いとぼくに言う。

「若すぎる」とタイラーが言う。

ポーチの男は、タイラーが騒乱プロジェクトを創設した夜、ぼくが壊してしまおうと試みたミスター・エンジェルだ。目の周りに青痣ができ、金色の髪をクルーカットに刈りこんであっても、固い決意を浮かべた美しい顔は皺や傷痕と無縁だ。ドレスを着せて笑みを作らせたら、女と言っても通るだろう。ミスター・エンジェルは玄関のドアに爪先をぴたりとつけて立っている。黒靴と黒シャツと黒ズボンをはき、気をつけの姿勢で、ささくれた木のドアをまっすぐに見つめている。

「追い返せ」とタイラーが言う。「あれは若すぎる」

何歳だと若すぎることになるんだとぼくは訊く。

「年齢は関係ない」とタイラーが言う。「志願者が若ければ、若すぎると言って断る。太っていれば、太りすぎだ。年取っていれば、年を取りすぎだ。痩せていれば、痩せすぎだ。白人なら白すぎ、黒人なら黒すぎだ」

これは太古の昔、仏教寺院が修行を志す者を選別するのに使った方法だとタイラーは言う。志願者は帰れと言い渡されるが、決意が固い者であれば、食事や睡眠や励ましの言葉がなくても寺の門前で三日三晩待ち続ける。そこに至ってようやく門が開いて修行が始まる。

そこでぼくはミスター・エンジェルにおまえは若すぎると言い渡す。しかし昼飯時に見ると、ミスター・エンジェルはまだそこにいた。昼飯のあと、ぼくは出ていって箒《ほうき》でミスター・エンジェルを殴り、紙袋を通りに蹴り出した。ぼくは箒の柄《え》をバット代わりに若造の耳の上を叩く。若造は黙って立ち続ける。ぼくは次に若造の荷物をどぶに蹴り落としてわめき散らす。タイラーはその様子を上階からじっと見守っている。

帰れ、とぼくはわめく。聞こえてないのか？　おまえは若すぎる。おまえには無理だ、とぼくはわめく。二、三年たったらまた志願するんだな。さあ、帰れ。うちのポーチから失せろ。

翌日、ミスター・エンジェルはまだそこにいる。タイラーは玄関を開けて言う。「申し訳ないことをしたな」タイラーは、修業のことをおまえに話したのが間違いだったと言う。

しかしおまえは若すぎる。申し訳ないが帰ってくれないかと言う。

良い警官。悪い警官。

ぼくは気の毒な天使にまたわめき散らす。六時間後、タイラーが玄関に下りていき、申し訳ないが帰ってくれと言う。とにかく消えてくれ。タイラーは、帰らないなら警察を呼ぶぞと言う。

それでもそいつは帰らない。

それでもそいつの着替えはどぶの底だ。破れた紙袋を風が運び去る。

それでもそいつは帰らない。

三日目、玄関前の志願者が一人増えている。ミスター・エンジェルはまだそこにいて、タイラーは玄関に下りてミスター・エンジェルだけに言う。「入れ。荷物を拾ってなかに入れ」

新しい男には、申し訳ないが手違いがあったとタイラーは言う。おまえはここでの修業には年を取りすぎている。すまないが帰ってもらえないか。

ぼくは毎日会社に出かける。帰宅するたび、毎日、ポーチに一人か二人の男が待っている。新しい志願者たちは視線を合わせようとしない。ぼくは連中を立たせたまま玄関を閉める。それからしばらくは毎日がその繰り返しで、なかにはあきらめる者もいたが、大部分は三日目まで持ちこたえた。やがてタイラーとぼくが買って地下室に並べた七十二台の簡易寝台はほぼ満員になった。

ある日、タイラーはぼくに五〇〇ドルの現金を手渡し、いつも靴に入れておけと言った。ぼくの埋葬費用だ。これも古い仏教寺院のやり方だ。

会社から帰ると、家はタイラーが受け入れた他人だらけだ。全員が仕事に勤しんでいる。一階はそっくり厨房と石鹸工場に変身していた。バスルームは二十四時間フル稼働だ。何人かが数日のあいだ姿を消したかと思うと、薄い水のような脂の入った赤いゴム袋をいくつも提げて帰ってくる。

ある晩、ぼくは上階の自分の部屋に閉じこもっているところをタイラーに見つかった。

「あの連中のことは気にするな。あいつらは自分のなすべきことを心得ている。これは騒乱プロジェクトの一部だ。一人で計画の全体像を把握している者はいないが、それぞれが与えられた単純作業一つを完璧にこなすよう訓練されている」

騒乱プロジェクト規則第五条は、タイラーを信じること、だ。

そして、タイラーは消えた。

騒乱プロジェクトの何チームかは、日がな一日、脂肪を精製している。ぼくは眠らない。一晩じゅう、作業の物音がやむことはない。ほかのチームは苛性ソーダを混ぜ、石鹸を切り分け、オーブンの天板に並べて焼き固め、一つずつ薄紙で包んでペーパー・ストリート石鹸会社のラベルを貼りつける。ぼくを除いた全員が自分のすべきことを心得ているように思え、タイラーはどこかへ行ったきりだった。

訓練されたサルのように精力的に働く男たちに包囲されたネズミのぼくは、壁際に追い詰められてそこから動けない。チームごとに料理をし、働き、眠るといった仕事を規則的にこなす物言わぬ男たち。レバーを引く。ボタンを押す。朝から晩まで、スペース・モンキーのチームの一つが料理をしている。朝から晩まで、スペース・モンキーのチームのどれかが持参したプラスチックボウルで食事をしている。

ある朝、ぼくが出勤しようとしたとき、黒靴に黒シャツに黒ズボン姿のビッグ・ボブがポーチに立っている。ぼくはビッグ・ボブに訊く。最近、タイラーを見かけなかったか？タイラーに言われて来たのか？

「騒乱プロジェクト規則第一条」ビッグ・ボブは靴の踵をかちりと合わせ、背筋を定規みたいにまっすぐに伸ばして言う。「騒乱プロジェクトについて質問をしてはならない」

じゃあ、タイラーはどんな無意味な名誉職をきみに割り当てた、とぼくは訊く。ここには、一日じゅう米を煮るだけとか、食器を洗うだけとか、便所を掃除するだけの任務を与えられている連中がいる。朝から晩までだ。タイラーは、一日十六時間、石鹼を包装し続ければ悟りが開けるとでも約束したのか？

ビッグ・ボブは無言だ。

ぼくは出勤する。帰宅すると、ビッグ・ボブはまだポーチにいる。ぼくは眠らずに夜を明かす。そして翌朝、ビッグ・ボブは庭の手入れをしていた。

会社に出かける前に、ぼくはビッグ・ボブに確かめる。誰かさみをなかに入れた？　誰がその仕事を割り当てた？　タイラーに会ったのか？　ゆうべタイラーはここに帰ってきたのか？

ビッグ・ボブは言う。「騒乱プロジェクト規則第一条、騒乱プロジェクトについて——」

ぼくはその言葉を遮る。そうだった、と言う。そうだ、そうだ、そうだ、そうだ、そうだった。

そしてぼくが会社にいるあいだに、スペース・モンキーたちは家の周囲の泥だらけの芝生を掘り返し、土にエプソムソルトを混ぜて酸性度を下げ、セグラやネズミを撃退したり土壌のたんぱく質を増したりするため、農場から無料で分けてもらった雄ウシの堆肥や床屋でもらった大量の毛髪をシャベルで撒く。

夜中に突然、スペース・モンキーたちが袋を手に精肉工場から戻り、土壌に鉄分を加えるために血粉を、リンを増やすために骨粉を撒く。

スペース・モンキーの一チームがバジルやタイムやレタス、マンサクやユーカリやバイカウツギやミントを万華鏡の模様みたいに凝った配置で植える。いろんな緑色の混じった円花窓が一つ。別のチームは、夜に庭に出て、蠟燭の火でナメクジやカタツムリを退治する。また別のスペース・モンキーのチームは、完全葉やジュニパーベリーを摘んで煮詰めた天然の染料を作る。ヒレハリソウを栽培するのは殺菌作用があるからだ。スミレの葉は頭痛に効き、クルマバソウは石鹸に草の青い香りを加える。

キッチンには、ローズゼラニウムとブラウンシュガーの透き通った石鹼やパチュリの石鹼を作るのに使う八〇度のウォッカがある。ぼくはウォッカを一本失敬し、自分の埋葬費で煙草を買う。マーラが来る。ぼくらは植物について話す。酒を飲み、煙草を吸いながら、ぼくらはきれいにならされた砂利道を歩き、緑色の万華鏡柄の庭を散策する。マーラの乳房について話す。タイラー・ダーデン以外のすべての物事について話をする。

ある日、新聞に記事が出る。黒ずくめの男の一団が高級住宅街や高級車販売店を嵐のように通り抜けていった。彼らが野球のバットをフロントバンパーに叩きつけたせいで、たくさんの自動車の盗難防止アラームの悲鳴が鳴り渡り、エアバッグが炸裂して車内は粉まみれになった。

ペーパー・ストリート石鹼会社では、スペース・モンキーたちがバラやアネモネやラベンダーの花びらを摘み、精製済の脂とともに密閉箱に入れ、香りを脂に移してそれで石鹼を作る。

マーラが植物について話す。

バラは天然の収斂《しゅうれん》化粧水なのよ、とマーラは言う。

植物の名前には、死亡記事でよく見るものがある。アイリス。バジル。ルー。ローズマリー。バーベナ。メドウスイートとかカウスリップ、スイートフラッグ、スパイクナードあたりは、シェイクスピア作品に出てくる妖精の名前を連想させる。バニラの甘い香りをさせるミドリセンブリ。バラと同じく天然の収斂化粧水になるウィッチヘーゼル。オリスルート。スパニッシュアイリス。

毎夜、タイラーは今日はもう帰ってこないと確信するまで、マーラと一緒に庭を散策する。ぼくらにはスペース・モンキーがくっついて回り、マーラが手折ってぼくに匂いを嗅がせたハッカやヘンルーダやミントの枝を拾って歩く。煙草の吸い殻もだ。スペース・モンキーは歩きながら鋤《すき》で背後の砂利をならし、ぼくらが通った痕跡を消し去る。

ある晩、アップタウンの公園で、別の集団がすべての樹木の周囲と樹木のあいだにガソリンを撒いてミニ森林火災を発生させた。新聞記事によれば、通りをはさんだタウンハウスの窓が熱で溶け落ち、駐車車輛は屁をひり、タイヤは溶けてぺしゃんこになった。

ペーパー・ストリートのタイラーの借家は内側が湿り気を帯びた生き物みたいだ。大勢の人間が汗をかき、呼吸を繰り返す。大勢の人間がなかで動き、家も動く。

タイラーがまた帰宅しなかった夜、何者かが街のATMや公衆電話にドリルで穴を開け、その穴にグリース注入用のチューブを差しこみ、グリースガンを使ってATMと公衆電話にアクスルグリースやバニラプディングをたっぷり注入した。

タイラーが家にいることは一度もなかったが、一月ほどしたころ、スペース・モンキー数名の手の甲にタイラーのキスが出現した。やがてそのスペース・モンキーたちの姿も消え、入れ違いに新たなモンキーがポーチに現われて空きベッドを埋めた。

毎日、いろいろな車に乗った男たちの集団が出入りした。同じ車を二度目にすることは決してなかった。ある夜、マーラがスペース・モンキーと話している声がポーチから聞こえてきた。「タイラーに会いに来たのよ。タイラー・ダーデン。ここに住んでるでしょ。友だちなの」

するとスペース・モンキーが言う。「申し訳ないが、あんたは……」そこで少し間があった。「あんたはここで修業するには若すぎる」

マーラが言う。「ふざけんじゃないわよ」

「それに」スペース・モンキーが続ける。「必須品目を持参していない。黒いシャツ二枚、黒いズボン二本――」

マーラが叫ぶ。「タイラー！」

「丈夫な黒の靴一足」

「タイラー！」

「黒い靴下二足に飾りのない下着二枚」

「タイラー！」

玄関のドアが乱暴に閉じる音。マーラは三日も待たない。

会社から帰宅したぼくは、まるで日課のようにピーナッツバターのサンドイッチを作る。

ぼくが帰ると、スペース・モンキーの一人が一階の床を埋めて座るスペース・モンキーたちに読んで聞かせている。「おまえたちは二つと同じ形のない美しい雪片などではない。ほかのすべての者と同じ衰えゆく有機体であり、我々は同じ堆肥の山の一角だ」

スペース・モンキーは続ける。「我々の文明では我々はみな同じだ。真の白人、黒人、金持ち、そんなものはもはや存在しない。我々の望むものは一つだ。個々の人間は無だ」

ぼくがサンドイッチを作ろうと思って入って行くと、読み手のスペース・モンキーは口を閉ざし、ほかのスペース・モンキーたちも沈黙して、ぼくはまるで一人きりでそこにいるみたいだ。ぼくは言う。気にするな。もう読んだ。タイプしたのはぼくだ。

おそらくぼくのボスも読んだ。

ぼくらはくずの集団にすぎない、とぼくは言う。続けてくれ。そのささやかなゲームを続けろよ。ぼくのことはかまわずに。

ぼくがサンドイッチを作り、またしてもウォッカのボトルを一本くすねるあいだ、スペース・モンキーたちは無言で待っている。やがて背後でふたたび聞こえる。「おまえたちは二つと同じ形のない美しい雪片などではない」

ぼくはジョーの傷心です。タイラーに捨てられたせいだ。親父に捨てられたせいだ。ああ、理由は尽きない。

仕事帰りに、バーの地下室や自動車修理工場で開かれる、これまで行ったことのないファイト・クラブに参加し、誰かタイラー・ダーデンに会わなかったかと尋ねて回ることもある。

新設のファイト・クラブではかならず、暗闇の真ん中にぽつんと一つ灯った明かりの下に見知らぬ男が立ち、周囲に集まった男たちに向かってタイラーの言葉を読み上げる。

ファイト・クラブ規則第一条、ファイト・クラブについて口にしてはならない。

ファイトが始まると、ぼくはそのクラブのリーダーを脇へ呼び、タイラーに会わなかったかと尋ねる。ぼくはタイラーと同居しているんだが、とぼくは言う。タイラーはしばらく帰ってきていない。

するとリーダーは目を大きく見開いて訊き返す。タイラー・ダーデンを本当に知ってるんですか？

新設のファイト・クラブではたいがいそう聞き返される。ああ、とぼくは答える。ぼくはタイラーの一番の親友だ。すると突然、その場の全員がぼくに握手を求める。

新参者たちはぼくの頬の肛門や、黄色や緑で縁どられ黒く変色した皮膚を見つめ、ぼくをサーと呼ぶ。ノー、サー。会った者はほとんどいません、サー。タイラー・ダーデンに一度でも会った人間を直接知っている者はいません。友人のまた友人がタイラー・ダーデンと会い、ここのファイト・クラブを設置したんです、サー。

そう言ってぼくにウィンクする。

タイラー・ダーデンに会った人間を知る者はいません。サー。

本当ですか、と全員が訊く。タイラー・ダーデンが軍隊を組織しているというのは？　もっぱらの噂です。タイラー・ダーデンは一日に一時間しか眠らないというのは本当ですか。噂では、タイラーは全国をツアーしてファイト・クラブを設置して回っているそうですね。次は何だろうと誰もが興味津々です。

騒乱プロジェクトのミーティングは、より広い地下室で開かれるようになった。ファイト・クラブの卒業生が増えるにつれて各コミッティ——放火、強襲、悪ふざけ、情報操作——のメンバーも増えていくからだ。各コミッティにはチーフがいるが、そのチーフでさえタイラーの居所を知らない。タイラーは週に一度、電話で全コミッティに指示を出す。

騒乱プロジェクトの全メンバーが、次は何なのか知りたがっている。

我々はどこに向かっているのか。

何を心待ちにすればいいのか。

ペーパー・ストリートでは、マーラとぼくは夜ごとに素足で庭を散策する。足を踏み出すたびに、セージやレモンバーベナやローズゼラニウムの香りがふわりと立ち上る。周囲では蠟燭を手にした黒いシャツと黒いズボンがうずくまり、植物の葉を持ち上げてはナメクジやカタツムリを退治している。マーラが訊く。いったい何してるの?

土の塊のそばに毛髪の房がのぞいている。毛髪と糞。骨粉と血粉。植物の成長は速く、スペース・モンキーの刈り込み作業は追いつかない。

マーラが訊く。「あんた、何をするつもりなの?」

えっと、何だっけ?

土の塊のなかに黄金色に輝く点を見つけ、ぼくはよく見ようと地面に膝をつく。次に何が起こるのか、ぼくは知らない、とマーラに言う。

どうやらぼくらはふたりとも捨てられたらしい。

視界の隅で、スペースモンキーたちが蠟燭を持ち、背を丸めて動き回っている。土の中の小さな黄金色の点は、金を詰めた奥歯だ。その隣に、銀色のアマルガムを詰めた奥歯が二本のぞいている。人間の顎の骨だ。

次に何が起きるか、ぼくにはわからない、とぼくは言う。それからマーラの目に触れぬよう、奥歯を一本、二本、三本、土と毛髪と糞と骨と血の奥に押し戻す。

18

　金曜の夕方、ぼくは会社のデスクで眠りこんだ。

　デスクに腕を組んでそこに額を載せた姿勢で目覚めたとき、電話が鳴っていて、ほかの全員の姿はきれいに消えていた。夢のなかでも電話が鳴っていた。だから現実が夢に迷いこんだのか、夢のほうが現実にはみ出したのか、判然としない。

　ぼくは電話を取る。品質保証部です。

　それがぼくの部署だ。品質保証部。

　陽が傾き、ワイオミング州と日本くらいの大きさの嵐雲がもくもくとわきあがって接近中だ。といっても、ぼくのデスクの前に窓があるわけではない。外壁はすべて床から天井まで届くガラスになっている。ぼくの会社ではすべて床から天井までのガラスだ。すべて縦型ブラインドだ。すべてパソコンのプラグをネットワークにつなぐ小型墓石がところどころに建つ商業用の毛足の短い灰色のカーペットだ。すべて布を張ったベニヤ板で仕切られた小部屋の迷路だ。

どこかで掃除機のくぐもった音が聞こえている。

ぼくのボスは休暇中だ。ぼくに電子メールを送りつけて消えた。二週間後の正式な勤務評定に備えておくこと。会議室を押さえる。準備万端整える。レジュメを更新しておく。そういう備えだ。ぼくの解雇に向けて話は進んでいる。

ぼくはジョーの驚愕の完全なる欠落です。

ぼくの勤務態度はひどいものだった。

ぼくは電話を取る。タイラーからで、タイラーは言う。「外へ出ろ。駐車場で奴らが待ってる」

ぼくは訊き返す。奴らって？

「全員そろって待ってる」タイラーが言う。

ぼくの手はガソリンの匂いをさせている。

タイラーが続ける。「急げ。奴らが車で待ってる。キャデラックだ」

ぼくはまだ眠っている。

タイラーはぼくの夢なのかもしれない。

あるいは、ぼくがタイラーの夢なのか。

ぼくは手についたガソリンの匂いを確かめる。近くには誰もおらず、ぼくは立ち上がって駐車場に向かう。

ファイト・クラブの一人が自動車整備の仕事をしていて、歩道際に誰かの黒いキャデラックが駐まり、ぼくをどこかへ連れていこうと待ち構えていた。ぼくはその黒と金の巨大シガレットケースを黙って見つめるしかなかった。整備工をしている男が車を降り、心配はない、空港の長期預かり駐車場で別の車のナンバープレートと換えておいたから、と言う。

我らがファイト・クラブ専属メカニックは、どんな車でもエンジンをかけられると言う。ステアリングコラムからワイヤを二本引っ張り出す。ワイヤを接触させるとスターターのソレノイド回路が閉じ、さあ、楽しいドライブに出発だ。

あるいは、自動車販売店経由でキーコードを改竄《かいざん》する。

黒シャツ黒ズボンのスペース・モンキーが三匹、リアシートに座っている。見ざる。聞かざる。言わざる。

ぼくは訊く。で、タイラーはどこだ？

ファイト・クラブ専属メカニックはお抱え運転手みたいにキャデラックのドアを開けてぼくを待っている。メカニックは背が高く、骨と皮ばかりで、肩は電柱のてっぺんの横木を思わせる。

ぼくは訊く。これからタイラーに会うのか？

フロントシートの真ん中で、キャンドルに火を灯すだけのバースデーケーキがぼくを待っている。ぼくは車に乗った。車が走り出す。

ファイト・クラブから一週間後でも、制限速度を守って運転するのに支障はない。二日くらいは体の内部に損傷を受けたせいで真っ黒な糞が出たりしただろうが、頭は冴えている。ほかの車がこれ見よがしに追い越していく。後続車にあおられる。周囲のドライバーに中指を立てられる。赤の他人に憎悪される。どこ吹く風だ。ファイト・クラブのあとでは、心の底からリラックスし、腹を立てることさえ不可能になる。ラジオをつける気にもならない。息をするたびに、肋骨にできた毛髪ほどの細さのひびに沿って痛みが走ることもあるだろう。後続車がパッシングを浴びせてくる。オレンジと金の光を放ちながら、太陽が沈んでいく。

メカニックは運転している。バースデーケーキはぼくらのあいだのシートに座っている。我らがメカニックみたいな男とファイト・クラブで向かい合うと、生きた心地がしない。痩せた連中はどこまでも持ちこたえる。挽肉みたいになるまで闘う。黄色い蠟に浸したタトゥつきの骸骨みたいな白人、ビーフジャーキーみたいな黒人、そういった連中は、麻薬依存症患者更正会にいる骸骨そっくりにしぶとい。降参したとは絶対に言わない。まるでエネルギーの塊で、ものすごい速さで震えるおかげで輪郭さえぼやけている。彼らはみんな、何かから立ち直ろうとしている。自分で決められるのは死に方くらいだから、それならファイトで死んでやろうと思っているとでもいうみたいだ。

連中は連中同士でファイトするしかない。

ファイトの相手に連中を指名する者はいない。連中から指名するにしても、同類以外は誰も応じないから、痩せて骨と皮ばかりのぶるぶる男を指名するしかない。

我らがメカニックみたいな連中同士のファイトのときは、観衆も野次一つ飛ばさない。聞こえるのは、ファイター二人の口から漏れる押し殺した息遣い、相手をつかもうと伸ばした手がぶつかる音、クリンチの至近距離から痩せたうつろな脇腹に繰り出されるパンチの風切り音と衝撃音だけだ。ファイターの皮膚の下で跳ねる腱や筋肉や静脈が見える。ぽつんと一つ灯った明かりの下で、肌が輝き、汗を噴き、盛り上がり、濡れる。

十分、十五分が飛び去る。ファイターの匂い。連中が汗をかいてそれが匂い、フライドチキンを連想させる。

ファイト・クラブの二十分が過ぎていく。ついに一人が倒れる。

ファイトが終わると、ドラッグから更生中の二人は疲れ果て、だが激しいファイトに満足の笑みを浮かべながら、夜が終わるまで互いのそばを離れない。

ファイト・クラブに来て以来、このメカニックの男はいつもペーパー・ストリートの借家をうろうろしている。作った歌を聴いてくれと言う。作った巣箱を見てくれと言う。ぼくに知らない女の写真を見せて、結婚に値する美人だと思うかと訊いたりもする。

キャデラックのフロントシートに座り、そいつは言う。「あんたのために作ったケーキを見てくれたかい？　おれが作ったんだ」

　今日はぼくの誕生日じゃない。

「オイルリングが摩耗してオイルが汚れてる」メカニックは言う。「だがエンジンオイルとエアフィルターを交換しておいた。バルブクリアランスとタイミングも調整した。今夜は雨の予報だから、ワイパーのゴムも換えた」

　ぼくは訊く。タイラーは何を企んでる？

　メカニックは灰皿を開け、シガレットライターを押しこんだ。「これは試験なのかい？　おれたちを試してるのか？」

　タイラーはどこだ？

「ファイト・クラブ規則第一条は、ファイト・クラブについて口にしてはならない、だ」メカニックは言う。「それから、騒乱プロジェクトの最後の規則は、質問はしない、だ」

　じゃあ何なら教えてくれる？

　そいつは言う。「ぜひ理解すべきことは、神のモデルは父親だったということだ」

　背後で、ぼくの仕事やぼくのオフィスが小さく、小さく、小さく、小さくなって消える。

　ぼくの両手はガソリンの匂いをさせている。

　メカニックが言う。「男に生まれ、キリスト教徒で、アメリカ在住なら、神のモデルは父親だ。しかしもし、父親を知らずに育ったら、たとえば父親が蒸発したり死んだり家にいつかなかったりしたら、神のどこを信じられる？」

それはすべてタイラー・ダーデンのドグマだ。ぼくが眠っているあいだに紙きれに殴り書きされ、ぼくに渡され、ぼくがタイプしてコピーした教義。ぼくはもう読んだ。おそらくぼくのボスでさえもう全部読んでいる。

「その場合どうなるかというと」メカニックは言う。「死ぬまで父親と神を探し続けることになる」

「ここで考えに入れなくてはならないのは」メカニックは言う。「自分が神に好かれていない可能性だ。神は人類を憎んでいるかもしれない。とはいえ、それは起こりうる最悪の事態ではない」

まったく関心を持たれないよりも、罪を犯して神の注意を引くほうがましだというのがタイラーの持論だ。神の憎悪は神の無関心よりましだからだろう。

神の最大の敵となるか、無になるかの二者択一だとしたら、さあ、どちらを選ぶ？

タイラー・ダーデンによれば、ぼくらは歴史に名を残す偉業を成し遂げる優秀な長子ではなく、特別にかわいがられる末っ子でもない、神の真ん中の子供だ。

神の関心を得られないなら、天罰も贖罪も期待できない。

どちらがより忌まわしいだろう。地獄か、無か。

赦《ゆる》されるには、罪を見とがめられ罰を下されるしかない。

「ルーブルを焼け」メカニックが言う。「モナリザでケツを拭け。少なくとも、神は我々の名を知るだろう」

低く落ちれば落ちるほど、高く飛べる。遠くへ逃げれば逃げるほど、神は手もとに呼び戻そうとする。

「放蕩《ほうとう》息子が家を出ていなければ、肥えた仔牛は殺されずにすんだだろう（ルカによる福音書「放蕩息子のたとえ」より）」

ビーチの砂粒や空の星のなかに数えられるだけでは足りない。

メカニックは黒のキャデラックを追い越し車線のない古いバイパスの流れに乗せ、制限速度を守るぼくらの後ろにたちまちトラックが列をなす。キャデラックの内部は後続車のヘッドライトの光で満ちあふれ、対話するぼくらが窓の内側に映る。制限速度を守って車は進む。法の許す範囲で進む。

法は法だ、タイラーならそう言うだろう。制限速度を超過して走るのは、放火するのと同じだ。爆弾を仕掛けることや人を撃つことと何も変わらない行為だ。

犯罪者は犯罪者であり、やはり犯罪者だ。

「先週、あと四つファイト・クラブを開設できそうなくらい人が集まった」メカニックが言う。「バーさえ見つかれば、新しい支部の運営はビッグ・ボブに任せる」

というわけで来週、ビッグ・ボブに規則をあらためて叩きこみ、ファイト・クラブを一つ任せることになる。

今後、新たなリーダーがファイト・クラブを開設し、地下室の真ん中の明かりを男たちが囲んで待っているとき、リーダーは男たちの周囲の暗闇を歩き回ることとする。

ぼくは訊く。その新しい規則を作ったのは誰だ？　タイラーか？

メカニックはにやりとする。「規則を作るのが誰か、わかってるだろうに」

新しい規則では、何者もファイト・クラブの中央に立つことは許されない、とメカニックは言う。中央に立つのは、ファイトする二人の男だけだ。リーダーの大きな声は、男たちの周囲をゆっくりと歩きながら、暗闇の奥から聞こえてくる。集まった男たちは、誰もいない中央をはさんで正面に立つ者を見つめることになる。

すべてのファイト・クラブがそのようになる。

ファイト・クラブ新設に向けてバーや自動車修理工場を探すのは難しくない。最初のバー、オリジナルのファイト・クラブがいまでも開かれているバーは、週に一度、土曜の夜のファイト・クラブ一度だけで、一月分の店の家賃を稼ぎ出す。

メカニックの話では、ファイト・クラブ新規則はもう一つあり、ファイト・クラブは永久に無料である、だ。入るのに金は取らない。メカニックは運転席側の窓を開け、対向車とキャデラックの脇腹に吹きつける夜風に向けて声を張り上げる。「欲しいのはおまえだ、おまえの金じゃない」

メカニックは窓の外に怒鳴る。「ファイト・クラブでは、おまえは銀行預金の額ではない。仕事ではない。家族ではない。自分で思いこもうとしている人物像ではない」

メカニックは風に向かって怒鳴る。「名前ではない」

バックシートのスペース・モンキーの一人が応じる。「悩みではない」

メカニックが怒鳴る。「悩みではない」

スペース・モンキーが叫ぶ。「年齢ではない」

メカニックが怒鳴る。「年齢ではない」

そのときメカニックが、身をかわすと同時にジャブを繰り出すボクサーみたいに落ち着き払った態度で対向車線にはみ出す。フロントウィンドウ越しに車内にヘッドライトの光があふれた。対向車がクラクションを盛大に鳴らしながら次々と真正面から突っこんでくるが、メカニックはぎりぎりでステアリングを切って一台ずつかわしていく。

ヘッドライトが接近し、大きく、大きくなる。クラクションがわめく。メカニックは目を射る光と騒音に対抗するように首を伸ばして叫ぶ。「将来の願いではない」

その叫びに応じる者はいなかった。

今回は、対向車のほうがぎりぎりのところでよけてぼくらは助かる。

ヘッドライトをハイビーム、ロービーム、ハイ、ローと瞬《また》かせ、クラクションをやかましく鳴らしながら次の車が近づいてきて、メカニックは叫ぶ。「救済は訪れない」

メカニックはよけず、対向車がよけた。

次の車だ。そしてメカニックは叫ぶ。「我々はいつの日かかならず死ぬ」

今回は、対向車がよけたのに、メカニックはそのよけたほうへ車を向けた。対向車がまたよけるとメカニックがそれに合わせ、ふたたび真正面から向き合う。

その瞬間、ぼくは恐怖に身をすくませ、同時に期待に胸を膨らませる。その瞬間、ほかのことは何も気にならなくなる。星空を見上げれば、きみという存在は消え失せる。荷物なんかどうだっていい。何もかもどうだっていい。息が臭くたっていい。窓の向こうには闇。クラクションが八方からわめき立てている。ヘッドライトがハイ、ロー、ハイと瞬いて顔を照らし、二度と会社に行かずにすむ。

二度と床屋に行かずにすむ。

「さあ来い」メカニックが言う。

対向車がふたたびよけ、メカニックが追いかける。

「死の寸前」メカニックが言う。「何をしておけばよかったと後悔しそうだ？」

対向車がクラクションを轟かせながら迫る。一方のメカニックは冷静そのもので、大胆にも対向車から目をそらすと、フロントシートの隣に座ったぼくを見やって言う。「衝突まで残り十秒」

「九」

「八」

「七」

「六」

仕事だ、とぼくは答える。仕事を辞めておけばよかったよ。

対向車がよけた。メカニックは今度はそれを追わず、クラクションの悲鳴がすれ違っていった。

正面からまだまだライトが近づいてくる。メカニックはリアシートの三匹のスペース・モンキーを振り返る。「おい、スペース・モンキーども。ゲームのルールはわかったな。さっさと白状しろ、さもないとおれたち全員があの世行きだ」

〝おれは酔っ払ったときのほうが運転がうまい〟と書いたステッカーをバンパーに貼った車が右側を通り過ぎる。新聞によれば、その種のステッカーがある朝突然、何千枚と街中の車に貼られていた。ほかのステッカーには、たとえばこう書いてある。〝子牛肉を食わせろ〟。

〝母親根絶を目指す酒酔いドライバーの会〟。

〝すべての動物をリサイクルしよう〟。

新聞記事を読んで、情報操作コミッティに違いないと確信した。あるいは悪ふざけコミッティか。

ぼくの隣に座った、酒もクスリもやらないファイト・クラブ専属メカニックが言う。そうさ、酔っ払いバンパーステッカー作戦は騒乱プロジェクトの活動の一つだ。

リアシートの三匹のスペース・モンキーは黙りこくっている。

悪ふざけコミッティは、炎を上げながら時速一五〇〇キロで岩山めがけて猛進するジェット機中で酸素マスクを奪い合っている乗客の写真を載せた、航空機のシート備え付けの手引きを印刷中だ。

悪ふざけコミッティと情報操作コミッティは、ATMが体調を崩して一〇ドル札と二〇ドル札を勝手に嘔吐するようなコンピューターウィルスをめぐる開発競争をしている。

ダッシュボードのシガレットライターがぽんと飛び出し、メカニックはぼくにバースデーケーキの蠟燭に火をつけろという。

ぼくは蠟燭を灯す。火が作る小さな光輪の下で、ケーキがちらちらと輝く。

「死の寸前、何をしておけばよかったと後悔しそうだ?」メカニックはそう言うと、ステアリングを切って対向車線のトラックの進路に車を乗せた。トラックがエアホーンを鳴らす。何度も長い長い音を鳴らす。ヘッドライトが朝日みたいにどんどん明るく、明るくなって、メカニックの笑顔にまぶしく反射する。

「急いで願いごとを」メカニックはリアシートの三匹のスペース・モンキーが映るバックミラーに向かって言う。「永遠の忘却まで、残り五秒」

「一」

「二」

「三」

視界いっぱいにトラックが迫る。目がくらむようにまぶしく、うなりを上げて。

「馬に乗る」リアシートから声。

「家を建てる」別の声。

「タトゥを入れる」

メカニックが言う。「信じよ、さらば永遠の死が与えられん」

時すでに遅し。トラックがよけ、メカニックもステアリングを切るが、ぼくらのキャデラックの尻は横滑りして、トラックのフロントバンパーの端にぶつかった。

何が起きたか、すぐにわかったわけではない。その時点でわかったのは、ライトが、トラックのヘッドライトが瞬きながら闇のなかを遠ざかっていき、ぼくはまず助手席のドアに、次にバースデーケーキに、そして最後に運転席のメカニックに突っこんだことだ。

メカニックは体重をかけてステアリングホイールを押さえつけ、車をまっすぐに維持しようとしている。バースデーケーキの蠟燭が消えた。完全な一秒のあいだ、温かな黒のレザー張りの車内からいっさいの光が消え、ぼくらはすべて同じ音程の声、トラックのエアホーンと同じ低い声で合唱した。ぼくらはコントロールを失い、選択肢を失い、方向感覚を失い、逃げ場を失い、そしてぼくらは死んでいる。

いまのぼくの願いは、死だ。タイラーに比べたら、ぼくは無だ。

無力だ。

愚かで、ぼくがすることと言えば欲しがり、消費するだけだ。

ぼくのちっぽけな人生。ぼくのちっぽけなクソ仕事。ぼくのスウェーデン製家具。こんなことは絶対に、決して、一度だって他人に話したことはないが、タイラーに出会う前、ぼくは犬を買って〝従者《アントラージュ》〟と名付けるつもりでいた。

人生はそれくらい痛いものになりかねない。

殺してくれ。

ぼくはステアリングホイールをつかみ、車を道路に戻そうとする。

ただちに。

魂の脱出準備。

ただちに。

メカニックがステアリングホイールを力ずくで回して排水溝へと車を向ける。ぼくは力ずくで死のうとする。

ただちに。驚嘆すべき死の奇跡。ある瞬間、歩き、話していたきみは、次の瞬間、単なる物体に変わる。

ぼくは無だ。無にも満たない。

冷たく。

目に見えず。

レザーの匂いがする。シートベルトが拘束服のようにからみつき、体を起こそうとすると、額がステアリングホイールに激突した。過剰に痛い。ぼくの頭はメカニックの膝に載っていて、顔を上に向けると、暗さに慣れた目にメカニックの顔が映った。微笑みながら運転している。運転席の窓の向こうは、星空が広がっている。

手と顔がべたついている。

血?

ケーキの飾りのバタークリームだ。

メカニックがぼくを見下ろす。「ハッピー・バースデー」

煙の匂いがし、ぼくはバースデーケーキのことを思い出す。

「あんたの頭で危うくステアリングホイールが折れるところだった」メカニックが言う。

ほかのものは存在しない。夜の空気と煙の匂い、星空、笑みを浮かべて運転を続けるメカニック。それだけだ。ぼくの頭はメカニックの膝に載っていて、ぼくはふいに体を起こしたくなくなる。

ケーキは?

メカニックが言う。「床の上」

夜の空気と煙の匂いが重くなる。

ぼくの願いはかなったのかな？

はるか上のほう、窓を埋める星空に縁取られた顔が微笑む。「あの蠟燭は、息を吹きかけても消えない種類のものだ」

星空の仄明かりの下、目が慣れるにつれて、カーペットに散らばったちっぽけな炎から煙が渦を描いているのが見えてきた。

19

ファイト・クラブ専属メカニックはアクセルペダルを床まで踏みつけ、あいかわらず冷静にわけのわからない話を続け、ぼくらには今夜片づけるべき大事な用事がまだ残っている。

文明が終焉を迎える前に一つ学んでおくべきことは、星空を見上げて方角を知るすべだ。キャデラックで宇宙を走っているみたいに周囲は静かだ。きっとフリーウェイを下りたんだろう。リアシートの三匹は、失神しているか、眠っている。

「あんたは臨生体験をした」メカニックが言う。

メカニックはステアリングホイールから片方の手を放し、ステアリングホイールにぶつかってできたぼくの額の細長いこぶに触れる。額が腫れ上がって両目をふさいでいた。メカニックの冷えきった指先がこぶをたどる。キャデラックが道路のこぶを乗り越え、帽子のつばが作る影みたいに、痛みが目の上に張り出す。夜の通りを疾走する静寂のなか、ねじれたリアスプリングやバンパーが吠え、軋《きし》る。

キャデラックのリアバンパーはいま腱みたいなものでぶら下がっている。トラックのフロントバンパーの端にぶつかった瞬間、危うくちぎれかけた、とメカニックは言う。

ぼくは訊く。今夜のこれは、騒乱プロジェクトの課題なのかい？

「まあね」とメカニックは言う。「四人の生け贄を捧げること、大量の脂肪を手に入れること」

脂肪？

「石鹸を作るための」

タイラーは何を企んでる？

メカニックは話し始め、その言葉は混じり気のないタイラー・ダーデンだ。

「人類史上もっとも強靭でもっとも明敏な男たちが見える」メカニックの顔は運転席の窓の向こうに広がる星空に縁どられている。「その男たちは給油をなし、給仕をしている」

額の絶壁、眉、鼻の斜面、睫毛、目の曲線、唇のビニールのような艶めき、言葉、そのすべてが星空を背景に黒いシルエットとなって浮かぶ。

「その男たちに修行の場を与え、訓練を終えたらどうなる？」

「銃は爆風を一つの方角に向けるだけだ」

「若く強い男や女がいる。彼らは何かに人生を捧げたいと望んでいる。企業広告は、本当は必要のない自動車や衣服をむやみに欲しがらせた。人は何世代にもわたり、好きでもない仕事に就いて働いてきた。本当は必要のない物品を買うためだ」

「我々の世代には大戦も大不況もない。しかし、現実にはある。我々は魂の大戦のさなかにある。文化に対し、革命を挑んでいる。我々の生活そのものが不況だ。我々は精神的大恐慌のただなかにいる」

「男や女を奴隷化することによって彼らに自由を教え、怯えさせることによって勇気を教えなくてはならない」

「ナポレオンは、自分が訓練すれば、ちっぽけな勲章のために命を投げ出す軍人を作ることができると自慢した」

「想像するがいい。我々がストライキを宣言し、世界の富の再配分が完了するまで、すべての人々が労働を拒否する日を」

「想像するがいい。ロックフェラーセンターの廃墟を囲む湿り気の多い谷間の森でヘラジカを狩る日を」

「あんたが仕事についてさっき言ったこと」メカニックが訊く。「あれは本気なのか？」

ああ、本気さ。

「だからおれたちは今夜こうして車を走らせている」メカニックが言う。

ぼくらは狩猟隊だ、ぼくらが狩るのは脂肪だ。

行き先は医療廃棄物の処理場だ。

行き先は医療廃棄物の焼却炉で、使用済みの手術用使い捨てシートや包帯、十年熟成の腫瘍、静脈点滴用チューブ、使用済み注射針、正視したくないもの、正視できないもの、血液サンプルや切断されたあれやこれやのなかから、たとえダンプカーを乗りつけたとしても一晩ではとても運び出せないような金脈を探り当てる。

荷が重すぎて、このキャデラックの車軸が回らなくなるほどの金を探し出す。

「脂肪」メカニックが言う。「アメリカ一裕福な太ももから吸引された脂肪。世界一裕福で世界一脂肪のついた太もも」

ぼくらの最終目標は赤い大袋入りの吸引脂肪をペーパー・ストリートに持ち帰り、精製し、苛性ソーダとローズマリーを混ぜ、その脂肪を吸引するのにも金を使った元の持ち主に買わせることだ。石鹸、個に二〇ドル。そんな贅沢ができるのは、彼らしかいない。

「世界一裕福でクリーミーな脂肪。ぬくぬく暮らしてきた脂肪」メカニックが言う。「そう考えると今夜のおれたちはロビンフッドみたいなものだ」

小さな蠟燭の炎がカーペットのあちこちでぶすぶすとくすぶっている。

「現地に着いたら」メカニックが言う。『肝炎ウィルスも探す予定だ」

20

ついに涙の粒が転がり落ちる。銃身に涙の太い線が一本走り、引鉄の周りの輪を伝ってぼくの人さし指に落ちる。レイモンド・ハッセルは両目を閉じた。そこでぼくは、銃口を奴のこめかみに強く押しつけ、銃がそこにあること、ぼくがすぐ隣にいること、これは生死に関わる問題で、次の瞬間にも死ぬかもしれないことを痛感させる。

この銃は安くない。塩分でいかれたりするものだろうか。

それにしても楽勝だった、とぼくは振り返る。メカニックに言われたことはすべてやった。銃を買えと言われたのはこのためだ。それでぼくは宿題をこなしている。

それぞれ十二枚の運転免許証をタイラーに提出しなければならない。それが十二の生け贄を捧げたことを証明する。

今夜ぼくは車を停め、角を曲がった陰にひそみ、レイモンド・ハッセルが終夜営業のコーナーマートでのシフトを終えるのを待った。そして真夜中ごろ、奴が深夜バスを待っているところに近づいて、やあこんばんはと声をかけた。

レイモンド・ハッセルは、レイモンドは、挨拶を返さなかった。ぼくの狙いは金だと思ったんだろう。奴が稼ぐ最低賃金、財布の中の一四ドル。いやいや、弱冠二十三歳のレイモンド・ハッセルくん、違うんだ。きみが泣き、こめかみに押し当てたぼくの銃の銃身を涙の粒が伝い落ちたなら、狙いは金じゃない。世の中すべて金とはかぎらないんだ。

きみはこんばんはとも言わなかった。

きみはきみのしみったれたちっぽけな財布じゃない。気持ちのいい晩だな、寒いけどよく晴れて、とぼくは言った。

きみはこんばんはとも言わなかった。

ぼくは言った。逃げるなよ、逃げるときみを背中から撃たなくちゃいけなくなる。ぼくは銃を握っているが、ラテックスゴムの手袋をしているから、たとえこの銃が検察側の証拠物件Aになることがあったとしても、検出されるのは、白人、年齢二十三歳、これといった特徴のないレイモンド・ハッセルの乾いた涙だけだ。

それがきみの注意を引いた。きみの目は、街灯の明かりでも不凍液と同じ緑色だとわかるほど大きく見開かれた。

銃口が顔に触れるたび、まるで熱すぎるか冷たすぎるかしたみたいに、きみは少しずつ後ろに下がった。後ろに下がるなとぼくが言うと、きみはようやく銃が触れるに任せ、それでも首をのけぞらせて銃口から逃れようとした。

ぼくの要求に従い、きみは財布をぼくに差し出した。

運転免許証の名前はレイモンド・K・ハッセル。住所はサウスイースト・ベニング一三二〇番地A号室。地下の部屋だな？　アパートではたいがい、地下の部屋には番号ではなくアルファベットを割り振る。

レイモンド・K・K・K・K・K・K・ハッセル君、いまの質問はきみにしたんだ。

きみは首をさらにのけぞらせて銃口から逃れる。そしてそうだと答えた。そうだ、地下の部屋に住んでいる。

財布には写真も何枚か入っていた。母親の写真があった。

なかなかきつかっただろうな。目を開けて、ママとパパの笑顔の写真を確かめれば、同時に銃口も見えてしまうのに、きみは目を開け、次の瞬間、きみの目は閉じ、きみは泣きだした。

きみはまもなく死ぬ。驚嘆すべき死の奇跡。ある瞬間、きみは人間だったのに、次の瞬間、単なる物体に変わり、きみのママとパパは子供のころの主治医に電話をかけて歯科治療記録を取り寄せなくてはならなくなる。きみの顔はほとんど残らないからだ。ママとパパは昔からきみに過大な期待をかけてきたのに、そう、人生は公平なものではないんだよ、こんな終わりを迎えたりする。

一四ドル。

これは、とぼくは訊く。きみのママか？

ああ。きみは泣き、鼻をすすり、泣いていた。ごくりと唾をのむ。ああ、そうだ。図書館カードがあった。レンタルビデオの会員カードがあった。社会保障カード。一四ドルの現金。バスの定期券。これはもらいたかったが、メカニックから運転免許証だけを奪えと言われていた。期限切れのコミュニティカレッジの学生証。

きみは前に何かを勉強していたんだな。するときみは激しい嗚咽を漏らし始め、ぼくは銃口を少しだけ強くきみの頬に押しつける。きみはまた後ずさりを始め、ぼくは動くといますぐ殺すぞと言った。で、何を勉強した？

どこで？

カレッジでだよ、とぼくは言った。ここに学生証がある。

ああ、何だっけ、しゃくり上げて唾をごくり、鼻をじゅるり、えっと、生物学。

いいか、レイモンド・K・K・ハッセル君、きみは今夜ここで死ぬ。一瞬で死ぬか、一時間かけて死ぬか、選ぶのはきみだ。だからぼくに嘘をつけ。ぱっと頭に浮かんだことを口に出せ。何でもいいからでっち上げるんだ。何を言おうとぼくはかまわない。ぼくは銃を持っている。

ここでようやくきみはぼくの言葉に意識を向け、きみの頭のなかに描かれた悲劇から生還する道をたどり始めた。

穴埋め問題だ。レイモンド・ハッセルは大人になったら何になりたい？

家に帰りたい、ときみは言った。とにかく家に帰りたい、お願いです。

だろうな、とぼくは言った。じゃあ家に帰ったとして、この先の人生をどう過ごしたい？　やりたいことが何でもやれると仮定して。

何でもいいからでっちあげろ。

きみはわからないと言った。

そうか、そういうことならこの場でおさらばだ、とぼくは言った。さあ、顔をあっちに向けろ。

死のプロセス発動まで残り十秒、九秒、八秒。

獣医、ときみは言った。獣医になりたい、獣医に。

動物の医者か。それには学校に行かなくちゃ。

うんざりするほど学校に行かなくちゃ、ときみは言った。

学校へ行ってがむしゃらに勉強するか、あるいは死ぬか。レイモンド・ハッセルくん、自分で選ぶんだ。ぼくは財布をきみのジーンズのポケットに押しこんだ。そうか、本当は動物の医者になりたかったわけだな。涙に濡れた銃の鼻面を片側の頰から離し、反対の頰に押し当てた。昔からの夢はそれなんだな、獣医。そうなんだな、ドクター・レイモンド

・K・K・K・K・ハッセル？

そうだ。

ふざけてないな？

違う、違う、いや、だから、本当だ、ふざけてなんかない。そうだ。

よし、とぼくは言った。銃の湿った鼻面をきみの顎の先に押しつけ、次にきみの鼻先に、あちこちに銃の鼻面を押し当てる。どこに押し当てても、銃口はきみの肌に涙でできた輪を残した。

それなら、とぼくは言った。学生に戻れ。明日の朝、目が覚めたら、学生に戻る道を探すんだ。

ぼくは銃の濡れた先端を両の頰に順番に押し当て、次にきみの顎に当て、次にきみの額に押しつけたあと、そのままにした。きみはいまここで死んだものと思え、とぼくは言った。

ぼくはきみの運転免許証を持っている。

きみの名前を知っている。きみの住所を知っている。ぼくはきみの運転免許証を処分したりしない。きみの様子を確認させてもらうぞ、ミスター・レイモンド・K・ハッセル。三カ月後、半年後、一年後。もし学校に戻って獣医への道を歩んでいなかったら、きみは死ぬことになる。

きみは無言だった。

さあ、行けよ、きみの短い人生を生きろ。だが、いいか、ぼくが監視してることを忘れるんじゃないぞ、レイモンド・ハッセルくん。チーズを買ってテレビの前で暮らすのに最低限必要な金を稼ぐためだけにつまらない仕事をしてるきみを目にするくらいなら、殺すよ。

ぼくはこれで帰る。こっちを振り返るな。

これがタイラーがぼくに望んだことだ。

ぼくの口から聞こえてくるのはタイラーの言葉だ。

ぼくはタイラーの口です。

ぼくはタイラーの両手です。

騒乱プロジェクトの全員がタイラー・ダーデンの一部であり、その逆もまた真なりだ。

レイモンド・K・K・ハッセルくん、今日の夕食はこれまでに食べた食事のどれよりも美味《うま》いだろう。そして明日は、きみのこれまでの人生でもっとも美しい一日になるだろう。

21

目が覚めるとそこはスカイ・ハーバー国際空港だ。

腕時計を二時間遅らせる。

シャトルバスでフェニックス市街に出ると、どのバーに入っても、目のくぼみに沿って縫い痕をつけた男たちがいる。強烈なパンチが顔の肉を眼窩《がんか》の骨の尖った縁に圧迫して切れた傷だ。あるいは鼻筋がひしゃげた男たちがいる。バーにたむろする彼らがぼくの頬に皺の寄った穴があるのに気づいた瞬間、ぼくらは即席の家族になる。

タイラーはしばらく家に帰っていない。ぼくはぼくの退屈な仕事を続ける。空港から空港へ飛び、人々がそのなかで死んだ車を見る。旅行の魔法。ミニチュアの生活。ミニチュアの石鹸。飛行機のミニチュアのシート。

行く先々で、ぼくはタイラーのことを尋ねる。

タイラーを見つけたときのために、ポケットには生け贄の運転免許証が十二人分、入っている。

どのバーをのぞいても、一つ残らずどのバーでも、痣だらけの男たちがいる。どのバーでも、男たちがぼくの肩に腕を回し、ビールをおごろうと言う。まるでぼくは、入る前からどれがファイト・クラブのバーか知ってるみたいだ。

ぼくは訊く。タイラー・ダーデンという男に会わなかったか？

ファイト・クラブについて知っているかと相手に聞くのは愚かな行為だ。規則第一条、ファイト・クラブについて口にしてはならない。

それでも、タイラー・ダーデンを見かけなかったか？

連中は答える。そのような名前は聞いたこともありません。サー。

しかし、シカゴでなら見つかるかもしれません。サー。

みながぼくをサーと呼ぶのは、ぼくの頬の穴のせいに違いない。

それからみながウィンクをする。

目を覚ますとそこはオヘア空港で、シャトルバスに乗ってシカゴ市街に出る。

腕時計を一時間進める。

別の場所で目を覚ませるのに。

別の時間帯で目を覚ませるのに。

別の人間として目を覚ませないのはなぜだ？

どのバーに入っても、殴られた男たちがビールをおごろうと声をかけてくる。

いいえ。サー。そのタイラー・ダーデンという人物には会ったことがありません。

そしてウィンクをする。

そのような名前は聞いたこともありません。サー。

ぼくはファイト・クラブについて尋ねる。今夜、この辺でファイト・クラブが開かれたりしないかな？

いいえ。サー。

ファイト・クラブ規則第二条、ファイト・クラブについて口にしてはならない。

バーにたむろする痣だらけの男たちはそろって首を振る。

そんなもの、聞いたこともありません。サー。しかし、シアトルでならそのファイト・クラブとやらが見つかるかもしれません。サー。

目を覚ますとそこはメイグズ・フィールド空港で、マーラに電話をかけてペーパー・ストリートの様子を尋ねる。マーラによれば、スペース・モンキーたちは一人残らず頭を丸めているという。電気シェーバーが過熱し、借家の隅々まで焦げた毛髪の匂いが立ちこめている。スペース・モンキーたちは、苛性ソーダを使って指紋を焼き消している。

目を覚ますとそこはシータック空港だ。

腕時計を二時間遅らせる。

シャトルバスでシアトル市街に出る。最初に目についたバーに入ると、バーテンダーは首に頸椎《けいつい》カラーをしていて、いつも顎を持ち上げた状態でいるしかない。相手の顔を見るにも紫色の茄子みたいな鼻越しだ。

バーに客の姿はなく、バーテンダーが言う。「またいらしてくださいましたね。サー」

ぼくはこのバーに一度も、一度も、そう、たったの一度だって来たことがない。

ぼくはバーテンダーに尋ねる。タイラー・ダーデンという名前を知ってるか？

バーテンダーは白い首のカラーの上端から頬の肉をあふれさせてにっこり笑う。「これは試験ですか？」

ああ、とぼくは答える。これは試験だ。タイラー・ダーデンに会ったことがあるかい？

「あなたは先週もいらしたでしょう、ミスター・ダーデン」バーテンダーが答える。「まさか、覚えていらっしゃらないとか？」

タイラーはここへ来たのか。

「いらしたのはあなたですよ、サー」

ぼくがこの店に来たのは今日が初めてだよ。

「あなたがそうおっしゃるなら、サー」バーテンダーは言う。「しかし木曜の晩、この店にいらして、市警はすぐにでもクラブを潰すつもりでいるだろうかとお尋ねに」

この前の木曜の晩なら、不眠症で寝つけず、自分は起きているのだろうか、眠っているのだろうかと考えながら、一睡もせずに夜を明かした。金曜の午前中の遅い時間に目が覚めたときには骨まで疲れ切り、一瞬たりとも目をつぶらなかったみたいな気分でいた。

「そうです。サー」バーテンダーが続ける。「木曜の晩、あなたはいまいらっしゃるその場所に立って、市警の手入れについて私に尋ね、水曜夜のファイト・クラブで何名の入場を断る羽目になったかと確認された」

バーテンダーはカラーのはまった首と肩をねじって無人のバーを見回す。「聞き耳を立てている者などいやしませんから、ミスター・ダーデン、サー。昨夜の門前払いは二十七名でした。この店はファイト・クラブ明けの晩はかならず閑古鳥で」

今週、どのバーに入っても、店にいた全員がぼくをサーと呼んだ。

どのバーに入っても、顔を腫らしたファイト・クラブの男たちの顔はどれも同じに見えてくる。見知らぬ他人がぼくの素性を知っているのはなぜなんだ？

「あなたには母斑があります、ミスター・ダーデン」バーテンダーが言う。「あなたの足に。ニュージーランドがくっついた臙脂色のオーストラリア」

そのことを知っているのはマーラだけだ。マーラとぼくの親父だけだ。さすがのタイラーもそれは知らない。ぼくはビーチに行くと、かならず母斑のある足に尻を載せて座る。

ぼくが罹っていないガンは、いまや世界中に広がっている。

「騒乱プロジェクトにそのことを知らない者はいませんよ、ミスター・ダーデン」バーテンダーはそう言って片手を持ち上げた。ぼくのほうに甲を向けて。そこにはキスの形をした火傷痕がある。

ぼくのキス？

タイラーのキス。

「母斑のことは誰だって知ってます」バーテンダーが言う。「伝説の一部ですからね。あなたは伝説になりつつあるんですよ」

ぼくはシアトルのモーテルの部屋からマーラに電話をかけ、ぼくらはしたのかと訊いた。わかるよな。

長距離電話の向こうでマーラが言う。「したって、何を？」

一緒に寝たのかってことだ。

「何言ってるの！」

ぼくらは、その、一度でもセックスをしたのかい？

「信じられない！」

どうなんだ？

「どうって？」マーラが言う。

ぼくらはセックスしたのかい？

「あんたって最低」

セックスしたのか？

「殺してやる！」

それはイエスなのかい、ノーなのかい？

「いつかこうなると思ってた」マーラが言う。「あんたはイカレてる。あたしと愛を交わす。かと思えば無視する。あたしの命を助けたかと思うと、ママを石鹸にする」

ぼくは自分の体をつねる。

マーラにぼくらはどこで知り合ったかと尋ねる。

「例の精巣ガンのあれよ」マーラが言う。「そのあと、あたしの命を救った」

ぼくが？

「あんたがあたしの命を救ったのよ」

タイラーだ。

「いいえ、あんたがあたしの命を救ったの」

ぼくは頬の穴に指を突っこみ、指先をくねらせる。このメジャーリーグ級の痛みなら、目も覚めるはずだ。

マーラが言う。「あんたがあたしの命を救ったんでしょ。リージェント・ホテルで。あたしは偶然を装って自殺を試みた。忘れたの？」

ほんとに？

「あの晩」マーラが言う。「あたしはあなたの堕胎児が欲しいと言った」

客室の気圧がゼロになった。

ぼくはマーラにぼくの名前を尋ねた。

このままいけば全員死ぬ。

マーラが答える。「タイラー・ダーデン。あんたの名前は、タイラー・脳味噌用トイレットペーパー・ダーデンよ。住所はノースイースト・ペーパー・ストリート五一二三番地で、その家は目下、あんたの門弟であふれてて、その門弟たちはこぞって頭を剃り上げ、苛性ソーダで皮膚を剝がしてる」

ぼくは少し眠ったほうがよさそうだ。

「それより帰ってきて」マーラが電話越しに怒鳴る。「あたしがあのトロールどもの手で石鹼にされちゃわないうちに」

タイラーを探さなくちゃ。

ぼくはマーラに訊く。きみの手の甲の傷痕、それはどうして？

「あんたよ」マーラが言う。「あんたがキスしたんじゃないの」

タイラーを見つけなくちゃ。

少し眠らなくちゃ。

眠らなくちゃ。

どうにかして眠らなくちゃ。

ぼくはマーラにおやすみを言い、電話を切ろうとボタンに手を伸ばす。マーラの叫び声が次第に小さく、小さく、小さくなって消える。

22

一晩中、思考がオンエア状態だ。

ぼくは眠っているのか？　わずかでも眠ったのか？　不眠症のせいだ。

ゆっくりと息を吐いてリラックスしようと試みるが、心はざわついているし、思考は竜巻みたいに頭のなかを駆け巡っている。

何も効かない。誘導瞑想も。

あなたはアイルランドに来ています。

羊を数えても。

最後に眠った記憶から、日を数え、時間を、分を数え上げる。医者は笑って言った。睡眠不足で死んだ例はありませんからね。顔はまるで熟れすぎて黒くなった果物で、自分では死んだような気になっている

シアトルのモーテルのベッドで午前三時を回ると、ガン患者互助グループを探すには遅すぎる。ちっちゃな青いアミタールのカプセル、口紅みたいに真っ赤なセコナール、『人

形の谷』の小道具を探すには遅すぎる。午前三時を回ると、ファイト・クラブにも入れない。

　タイラーを見つけなくちゃ。

　少し眠らなくちゃ。

　次の瞬間、目を覚ますと、タイラーが暗闇のなか、ベッドの脇に立っている。

　起きろ。

　眠りに落ちかけたまさにそのとき、タイラーがすぐそこに立っていて、言う。「起きろ。起きろ。シアトルの警察問題は解決した。起きろ」

　市警本部長は、暴力団じみた活動組織や営業許可時間外のボクシング・クラブの取り締まり強化を表明していた。

「だが、心配はいらない」とタイラーは言う。「ミスター市警本部長の問題は片づいた」とタイラーは言う。「おれたちが急所を握っている」

　ぼくは訊く。ぼくを尾《つ》けてたのかい？

「偶然だな」とタイラーは言う。「おれも同じことを訊くつもりだった。連中とおれの話をしただろう、え？　誓いを破っただろう」

　タイラーは、こいつはいつ自分の正体を看破したのだろうかと考えている。

「おまえが眠るたびに」とタイラーは言う。「おれは抜け出して無謀なこと、むちゃくちゃなこと、狂気じみたことをした」

タイラーはベッドのそばに膝をついてささやく。「先週の木曜日、おまえが眠ったあと、おれは飛行機でシアトルに行き、ファイト・クラブの視察をした。門前払い組の数を確かめたり、そういったことをした。新たな人材の発掘も必要だ。シアトルにも騒乱プロジェクトがある」

タイラーの指先が、ぼくの眉と平行するこぶをたどった。「騒乱プロジェクトはロサンゼルスやデトロイトにもあるし、ワシントンDCやニューヨークの騒乱プロジェクトは大所帯だ。信じがたい話だろうが、シカゴにも騒乱プロジェクトはある」

タイラーは言う。「おまえが誓いを破るとは信じがたいね。規則第一条、ファイト・クラブについて口にしてはならない」

タイラーは先週シアトルにいて、頸椎カラーをしたバーテンダーから、市警はファイト・クラブを厳重に取り締まるつもりでいると聞いた。市警本部長御自らがとりわけ強くそう望んでいる。

「だが」とタイラーは言う。「ファイト・クラブのファイトにはまった市警察官がいる。ファイトに完全に病みつきになってる。ほかに新聞記者も見習い弁護士も本物の弁護士もいるから、市警の動きは事前に察知できる」

ファイト・クラブは近々つぶされるはずだった。

「少なくともシアトルでは」とタイラーは付け加える。

きみはどんな手を打ったのか、とぼくは訊く。

「おれたちはどんな手を打ったのか、だ」とタイラーは言う。

ぼくらは強襲コミッティを招集した。

「おれ、とか、きみ、とかいう概念はもはや存在しない」とタイラーは言い、ぼくの鼻の先を軽くつねる。「おまえもとうに気づいているだろうが」

ぼくらは二人で一つの体を使う。ただし別々の時間帯に。

「おれたちは臨時の宿題を与えた」とタイラーは言う。「おれたちは言った。『親愛なるシアトル市警本部長閣下の湯気の立つ金玉をおれのところに持ってこい』」

これは夢じゃないはずだ。

「いや」とタイラーは言う。「おまえは夢を見てるんだよ」

ぼくらは十四名のスペース・モンキーから成る強襲チームを組織した。そのうちの五名は警察官で、閣下がいつも犬の散歩に行く公園に今夜いた人間はことごとくその一員だった。

「心配するな」とタイラーは言う。「犬は無事だ」

襲撃は、リハーサルの最短記録を三分更新した。見積もりでは十二分。予行演習の最短記録は九分だった。

閣下を押さえつける役に五名のスペース・モンキーを割り当てる。

タイラーは一部始終を説明する。だが、なぜだろう、ぼくはすでに知っている。

見張り役に三名。

エーテルを嗅がせる役に一名。

恐れ多くも閣下のスウェットパンツを引きずり下ろす役に一名。

犬はスパニエルで、ひたすら吠え、吠えている。

吠え、吠えている。

吠え、吠えている。

スペース・モンキーの一名が恐れ多くも閣下の陰嚢の最上部に輪ゴムを三度巻いてきつく締め上げた。

「スペース・モンキーの一人がナイフを手に閣下の脚のあいだで待機する」タイラーは痣だらけの顔をぼくの耳もとに寄せてささやく。「そしておれは敬愛なる市警本部長閣下の耳もとでささやく。ファイト・クラブ取り締まりを中止しろ、さもないと敬愛なる本部長閣下はタマなしだと世間に知られることになる」

タイラーはささやく。「どこまで行けると思う、閣下？」

輪ゴムが股間の感覚を遮断している。

「あんたがタマなしだって有権者に知れたら、あんたは政界でどこまで上に行けると思う？」

このころには、閣下は感覚を完全に失っている。

おっと、閣下のタマは氷みたいに冷たいぞ。

たとえ一カ所でもファイト・クラブが閉鎖の憂《う》き目に遭えば、おれたちはあんたのタマを東西に分けて送ってやる。片方はニューヨーク・タイムズ、もう片方はロサンゼルス・タイムズに行く。それぞれ一個ずつだ。一種のプレスリリースとして。

スペース・モンキーがエーテルを染ませたぼろ切れを口から外してやると、市警本部長はやめてくれと言った。

するとタイラーは言った。「ファイト・クラブ以外、おれたちに失うものはない」

だが本部長、あんたはすべて持っている。

おれたちに残されているのは世界の糞とくずだけだ。

タイラーはナイフを持って本部長の股間で構えるスペース・センキーにうなずいて合図した。

タイラーは尋ねた。「空袋をはためかせて過ごす余生を想像してみろ」

本部長は、いやだと言った。

やめてくれ。

よせ。

後生だから。

ああ。

いやだ。

助け。

てくれ。

やめろ。

てくれ。

いやだ。

てくれ。

こいつらを。

止め。

股間のスペース・モンキーはナイフを滑りこませて輪ゴムを切った。

六分。開始から六分、任務完了。

「忘れるなよ」とタイラーは言った。「あんたが踏みつけようとしてる人間は、我々は、おまえが依存するまさにその相手なんだ。我々は、おまえの汚れ物を洗い、食事を作り、給仕をする。おまえのベッドを整える。睡眠中のおまえを警護する。救急車を運転する。

電話をつなぐ。我々はコックでタクシー運転手で、おまえのことなら何でも承知している。おまえの保険申請やクレジットカードの支払いを処理している。おまえの生活を隅から隅まで支配している。

おれたちは、テレビに育てられ、いつか百万長者や映画スターやロックスターになれると教えこまれた、歴史の真ん中の子供だ。だが、現実にはそうはなれない。そして我々はその現実をようやく悟ろうとしている」とタイラーは言った。「だからおれたちを挑発するな」

本部長は激しくしゃくり上げ、スペース・モンキーはしかたなくエーテルの布を強く押しつけて完全に失神させた。

別のチームが服を着せ、本部長と愛犬を自宅に送り届けた。この先、秘密が守られるかどうかは本部長しだいだ。ぼくらはこれ以上ファイト・クラブの取り締まりは行なわれないと確信している。

敬愛なる閣下は、縮み上がってはいるが、ちゃんとついたまま帰宅した。

「この種のちょっとした宿題をこなすたびに」とタイラーは言う。「何も失うもののないファイト・クラブの男たちは、騒乱プロジェクトにまた少し貢献することになる」

ぼくのベッドのそばにひざまずいたタイラーは言う。「目を閉じて、手を貸せ」

ぼくは目を閉じ、タイラーはぼくの手を取る。タイラーの唇がタイラーのキスの痕に触れた。

「前に言ったな。おれのいないところでおれの話をしたら、二度とおれには会えない」とタイラーは言う。「おれたちはもう別々の人間じゃない。手っ取り早く言えば、おまえが目覚めているときはおまえが支配権を握ってる。だからおまえが何と名乗ろうがかまわない。しかし、おまえが眠った瞬間、おれがあとを引き継ぎ、おまえはタイラー・ダーデンになる」

でも、ぼくらは闘っただろう、とぼくは言う。ファイト・クラブを創設したあの晩、闘った。

「本当に闘った相手はおれじゃない」とタイラーは言う。「自分で言ってたな。おまえは自分の人生の憎きものすべてと闘ってるって」

でも、ぼくにはきみが見える。

「おまえは眠っているからだ」

でも、きみは家を借りてる。仕事もしてた。二つも。

タイラーは言う。「銀行から支払い済み小切手を取り寄せてみろ。おれはおまえの名前を使って家を借りた。家賃を支払った小切手の筆跡は、おまえがタイプした原稿の筆跡と一致すると思うが」

タイラーはぼくの金を使っていた。口座がつねにマイナスになっていたのも不思議はない。

「次に仕事の件だが、なあ、どうしておまえはそういつもいつも疲れてるんだと思う？　いいか、不眠症のせいなんかじゃない。おまえが眠るなりおれが乗っ取って、仕事やファイト・クラブに出かけるからだ。おれがヘビ使いの仕事を選ばなかっただけましだろう」

ぼくは言う。でも、マーラのことは？

「マーラはおまえを愛してる」

マーラはきみを愛してる。

「マーラはおれとおまえの区別がついていない。初めて会った晩、おまえはマーラに偽名を教えた。互助グループでは絶対に本名を名乗らないだろう、臆病くん？　命を救ったのはおれだから、マーラはおまえの名前はタイラー・ダーデンだと思ってる」

じゃあ、きみのことをぼくはこうして知ってしまったわけだから、きみはこれで消えるんだね？

「いや」とタイラーはぼくの手を握ったまま言う。「おまえが望んでいなければ、おれはそもそも存在しなかった。おれはこれからもおまえが眠っているあいだに自分の生活を続けるが、もしおまえが邪魔をするようなら、たとえば、そう、夜のあいだベッドに体を縛りつけたり、睡眠薬を大量にのんだりするようなら、そのときからおれたちは敵になる。かならず仕返ししてやるぞ」

これは嘘だ。これは夢だ。タイラーはぼくの意識の投影だ。解離性人格障害。心因性遁《とん》走《そう》状態。

「くだらない」とタイラー・ダーデンはぼくの幻覚なんだ。

「くだらない」とタイラーは言う。「おまえのほうこそ、おれの幻覚かもしれないぜ」

先にいたのはぼくだ。

タイラーは言う。「ああ、ああ、ああ、そうだな。しかし、最後に残るのがどっちか、そのほうが肝心だろう」

これは現実じゃない。これは夢だ。もう目を覚ますぞ。

「起きてみろよ」

気づくと電話が鳴っていて、タイラーは消えている。

カーテン越しに朝日が射していた。

電話のベルはぼくが頼んだ午前七時のモーニングコールで、受話器を持ち上げたときにはもう切れていた。

23

ぼくは倍速でマーラとペーパー・ストリート石鹸会社へと急ぐ。

あいかわらずすべてが崩壊しかけている。

家に戻ったぼくは、怖くて冷蔵庫をのぞけない。ラスベガスとかシカゴとかミルウォーキーとか、タイラーがファイト・クラブ支部を守るために脅迫という手段に訴えざるをえなかった都市のラベルがついた、小さなサンドイッチ用ビニール袋が何十個と詰まっている様を想像してみてくれ。それぞれの袋には、かちかちに凍った禁断の珍味が一組収まっていることだろう。

キッチンの片隅のひび割れたリノリウムの上にスペース・モンキーが一人しゃがんで、手鏡に映る自分をまじまじと見つめていた。「おれは何だってできる世界のくずだ」スペース・モンキーは鏡に言い聞かせている。「おれは神の創造の有毒廃棄副産物だ」

ほかのスペース・モンキーたちは庭を徘徊し、ものを拾い、ものを殺している。

冷凍庫の扉に片手をかけ、一つ深呼吸をして、ぼくの精神の悟りに達した部分に意識を集中しようとした。

　　薔薇に露　陽気な獣　我淋し

冷凍庫の扉が二センチ開いたところで、マーラがぼくの肩越しにのぞきこんで言う。

「夕食は何？」

スペース・モンキーは手鏡に映るしゃがんだ自分の姿に見入っている。「おれは創造における下劣な伝染性の人間廃棄物だ」

立場の逆転。

一月《ひとつき》ほど前、ぼくはマーラに冷蔵庫のなかを見せるのが怖かった。いまはぼく自身が冷蔵庫のなかを見るのが怖い。

やれやれ。タイラーめ。

マーラはぼくを愛してる。マーラは区別がついていない。

「帰ってきたのね、よかった」マーラが言う。「話があるの」

そうだな、とぼくは答える。ぼくも話がある。

ぼくはどうしても冷凍庫を開けられない。

ぼくはジョーの縮み上がった股間です。

ぼくはマーラに言う。この冷凍庫のものに手を触れるなよ。扉を開けてもいけない。何か入っていたとしても、食べちゃだめだし、猫やなんかの餌にするのもだめだ。手鏡を持ったスペース・モンキーがこっちをじろじろ見ている。ぼくはほかへ行こうとマーラに言った。話の続きはそれからだ。

階段で地下室に下りると、一人のスペース・モンキーが集まったスペース・モンキーたちに読み上げていた。「ナパームの三製法。

その一、等量のガソリンと冷凍濃縮オレンジジュースを混ぜ合わせる」地下室のスペース・モンキーが読む。「その二、等量のガソリンとダイエット・コーラを混ぜ合わせる。その三、猫砂を砕き、粘りが出るまでガソリンで溶く」

マーラとぼくは、ペーパー・ストリート石鹼会社から大量輸送システムを経由して、オレンジ色の惑星、惑星デニーズの窓際のブースに移動する。

タイラーがいつか話していた。イギリスが世界中を探検し、植民地を建設し、地図を作成したとき、地名の大部分はイギリス本国の地名のリサイクルだった。イギリス人は世界のすべてを命名する権利を得た。少なくとも世界の大部分を命名した。

たとえば、アイルランド。

オーストラリアのニューロンドン。

インドのニューロンドン。

アイダホ州ニューロンドン。

ニューヨーク州ニューヨーク。

倍速で未来へ。

前例に従うと、宇宙探査が本格化すれば、新惑星を発見して星図に書きこむのは超大企業の役割になるだろう。

恒星ＩＢＭ。

フィリップモリス銀河。

惑星デニーズ。

どの惑星も、その惑星を最初にレイプした会社のコーポレートアイデンティティを押しつけられる。

バドワイザー・ワールド。

ガチョウの卵サイズのこぶをくっつけたウェイターは、踵をかちりと合わせて直立不動の姿勢を取る。「サー！」ウェイターは言う。「すぐに御注文を伺ってよろしいでしょうか。サー！　お代はいただきませんのでお好きなものをどうぞ。サー！」

誰に供されるスープも小便の匂いがすると思ったほうがいい。

コーヒーを二つ頼む。

マーラが言う。「どうして無料サービスなのよ？」

ぼくのことをタイラー・ダーデンだと思ってるからだよ、とぼくは答える。

そういうことなら、とマーラは、クラムフライとクラムチャウダーとフィッシュバスケットとフライドチキンと薬味全部載せのベークトポテトとチョコレートシフォンパイを注文する。

料理受け渡し用のカウンターの奥の厨房にコックが三人いて、一人は上唇に沿って縫った痕がある。三人はマーラとぼくを観察しながら、痣だらけの頭を三つ突き合わせて小声で何かやりとりしている。ぼくはウェイターに言う。クリーンな料理を頼むよ。後生だから、ぼくらが注文した料埋に小細工はしないでくれ。

「そういうことでありますと、サー」我らがウェイターが言う。「こちらのご婦人には、クラムチャウダーはお召し上がりにならないようお勧めいたします」

ありがとう。クラムチャウダーは取り消してくれ。マーラがぼくを見つめ、ぼくはいいから信用しろと言う。

ウェイターが向きを変えて厨房に行進していき、ぼくらの注文を厨房へ伝える。

カウンターの向こうから、三人のコックがぼくに向かって親指を立てた。

マーラが言う。「タイラー・ダーデンってだけで、ばかに待遇がいいのね」

今後は、とぼくはマーラに言う。日が暮れたらいつもぼくのあとをついて歩き、行き先をすべて書き留めてくれ。会った人物の名も。ぼくが誰か重要人物を去勢したらそのことも。細大漏らさずメモしてくれ。

ぼくは札入れを取り出し、運転免許証をマーラに見せる。本当の名前が載った運転免許証。

タイラー・ダーデンではない名前。

「でも、みんなあんたはタイラー・ダーデンだと思ってる」マーラが言う。

ぼくだけはそう思っていない。

職場の同僚は誰もぼくをタイラー・ダーデンとは呼ばない。ぼくの上司は本当の名前で呼ぶ。

ぼくの両親は本当のぼくを知っている。

「じゃあ」とマーラが訊く。「一部の人間にとってはタイラー・ダーデンなのに、全員にとってではないのはどうしてなの？」

初めてタイラーに会ったとき、ぼくは眠っていた。

ぼくは疲れて頭がどうかしそうで追い詰められていて、飛行機に乗るたびにどうか墜ちてくれと願った。ガンで死にかけている人々をうらやましいと思った。自分の人生を憎悪していた。疲れて、仕事や家具にうんざりして、それでも状況を変える方法がわからずにいた。

いっそすべて終わらせてしまう以外の方法がわからなかった。

出口がないと感じていた。

ぼくは完全すぎた。

ぼくは完璧すぎた。

ぼくは自分のちっぽけな人生に脱出口を探していた。使い切りバターと窮屈な飛行機の座席の役割からなんとしても脱出したかった。

スウェーデン製の家具。

趣味のいいアート。

ぼくは休暇を取った。ビーチでうたた寝をして目を覚ますと、そこにタイラー・ダーデンがいた。裸で汗をかき、砂だらけで、濡れた髪を顔に張りつかせたタイラー・ダーデンがいた。

タイラーは波打ち際で流木を拾い、砂浜に引き上げていた。

タイラーが作ったのは巨大な手の影で、タイラーは自分の作った完全無欠のてのひらに座っていた。

完璧な存在はせいぜい一瞬しか続かない。

本当は、ぼくはあのビーチで目を覚ましたりしなかったのかもしれない。

本当は、何もかもブラーニー石に小便を引っかけたときから始まっていたのかもしれない。

ぼくが眠るとき、ぼくは本当には眠っていない。

惑星デニーズの周囲のテーブルには、黒い頬骨やつぶれた鼻をつけてぼくに微笑みかけている男が一、二、三、四、五人いる。

「そうね」とマーラが言う。「あんたは眠らない」

タイラー・ダーデンはぼくが創り出した別人格で、そいつはいま、ぼくの現実の人生を完全に乗っ取ろうとしている。

「『サイコ』のトニー・パーキンスの母親みたい」とマーラが言う。「かっこいい。人間、誰しも妙な性癖を持ってるものよ。昔、いくつボディピアスをしても満足できない男とつきあったことがある」

問題は、とぼくは続ける。ぼくが眠ると、タイラーがぼくの体と痣だらけの顔でそこらをほっつき歩き、犯罪を犯すってことだ。次の日、目が覚めると、ぼくは骨まで疲れ切り、さんざん殴られていて、一瞬たりとも眠れなかったと確信していることだ。

そこで次の晩、ぼくは早めに床につく。

するとその晩、タイラーの支配時間がほんの少し長くなる。

ぼくは毎晩ますます早くベッドに入り、タイラーの時間はますます長くなる。

「でも、あんたはタイラーでしょ」とマーラが言う。

違う。

違う、ぼくはタイラーじゃない。

ぼくはタイラー・ダーデンのすべてを愛している。あいつの度胸や利口さを愛している。あの大胆さも愛している。タイラーは冗談がうまくてチャーミングで説得力があって何ものにも頼らない。周囲はあいつを尊敬し、あいつなら自分らの世界を変えられると期待している。タイラーは有能で自由だ。でも、ぼくはそうじゃない。

ぼくはタイラー・ダーデンじゃない。

「でも、そうなのよ、タイラー」とマーラが言う。

タイラーとぼくは一つの肉体を共有しているのに、ぼくはずっとそれを知らずにいた。タイラーがマーラとセックスをしているとき、ぼくは眠っていた。ぼくが眠っているつもりでいた時間に、タイラーは歩き、しゃべっていた。

ファイト・クラブと騒乱プロジェクトの全員が、ぼくをタイラー・ダーデンだと思っている。

もしぼくがこのまま毎晩少しずつ早くベッドに入り、毎朝少しずつ遅く起きるようなら、やがてぼくは跡形もなく消えるだろう。

ぼくは眠ったきり二度と目覚めない。

マーラが言う。「保健所の動物みたいに」

犬の谷。たとえ殺されずに済んだとしても、気に入って家に連れ帰ってくれる人間が現われたとしても、やはり去勢はされる。

ぼくは二度と目覚めず、タイラーは支配権を手に入れる。

ウェイターがコーヒーを運んできて踵をかちりと合わせ、去っていく。

コーヒーの匂いを確かめる。ちゃんとコーヒーの香りがする。

「仮に」とマーラが言う。「あたしがその話を全部信じたとして、それであたしにどうしろっていうの?」

タイラーに支配権を完全に握られないように、ぼくを眠らせないでくれ。一分一秒たりとも。


立場の逆転。

タイラーがマーラの命を救った夜、マーラは一晩中眠らせないでとタイラーに頼んだ。

眠りこんだ瞬間、タイラーに乗っ取られるだろう。何か恐ろしいことが起きるだろう。

もしぼくが眠ってしまうことがあったら、タイラーの行動を逐一記録してくれ。どこへ行ったか、何をしたか。そうしておけば、ぼくは日中に駆けずり回り、被害を取り消すことができる。

24

彼の名はロバート・ポールスン、年齢は四十八。彼の名はロバート・ポールスン、そしてロバート・ポールスンは永遠に四十八歳であり続ける。

長期的に見たら、誰の生存率もゼロになる。

ビッグ・ボブ。

でかパイ。巨漢のボブは、いつものチル・アンド・ドリルの宿題を決行中だった。タイラーは同じ手でぼくのコンドミニアムに侵入し、手製のダイナマイトで部屋を吹き飛ばした。冷却剤のスプレー缶、オゾンホールなんかの問題はあるが、いまも入手可能ならフロン系のR-12冷媒、あるいはR-134aを錠のシリンダーに吹きつけて凍らせる《チル》。チル・アンド・ドリルの宿題では、冷媒を公衆電話やパーキングメーターや新聞自販機の錠前に吹きつける。次に、凍ったシリンダーをハンマーとたがねで叩き壊す。

標準的なドリル・アンド・フィルの宿題では、公衆電話やATMにドリルで穴を開け、グリース注入用のチューブをねじこみ、グリースガンを使ってアクスルグリースやバニラプディングや瞬間接着剤を注入する。

騒乱プロジェクトに小銭を盗む必要があったわけではない。ペーパー・ストリート石鹸会社はバックオーダーをたっぷり抱えていた。ギフトシーズンが近づくと、猫の手も借りたい忙しさになる。宿題は、度胸をつけるためにある。悪賢さが必要だ。騒乱プロジェクトへの貢献を重ねることにもなる。

たがねではなく電動ドリルを凍ったシリンダーに使うのもいい。たがねと同じ効果が得られ、しかも音が小さくてすむ。

ビッグ・ボブが射殺されたとき、警察が銃と勘違いしたものは、コードレスの電動ドリルだった。

騒乱プロジェクトおよびファイト・クラブ、石鹸とビッグ・ボブを結びつけるものは何もなかった。

ポケットにあった札入れには、どこかのコンテストのステージで撮った、Tバックのポージングストラップで股間を隠しただけの巨大なボブの写真が入っていた。他人から見たら滑稽なだけだろう、とボブは言った。目がくらむようなスポットライトと難聴になりそうなスピーカーのハウリングを全身に浴びながら、ステージ上で恍惚としているところに、「右脚を伸ばし、大腿四頭筋に力を入れて、静止」と審査員が命じる。

両手を見えるところに出しなさい。

左腕を伸ばして二頭筋に力を入れて、静止。

動くな。

銃を捨てなさい。

現実よりもそっちのほうがいい。

ボブの手にはぼくのキスの痕があった。タイラーのキスの痕。ビッグ・ボブのスカルプティングムースで固めた髪は剃り落とされ、指紋は苛性ソーダで焼かれていた。逮捕されるより死ぬほうがましだ。逮捕されれば、騒乱プロジェクトから除名され、宿題とも永遠にお別れだ。

ある瞬間、ロバート・ポールスンは全世界の生命を集める小さくて温かい中心だったが、次の瞬間、ロバート・ポールスンは単なる物体に変わっていた。警察の発砲。驚嘆すべき死の奇跡。

今夜、すべてのファイト・クラブで、リーダーがすべてのファイト・クラブの地下室の誰もいない中央をはさんで正面に立つ者を見つめる男たちの周囲の暗闇を歩く。その声はこう叫ぶ。

「彼の名はロバート・ポールスン」

すると群衆が叫ぶ。「彼の名はロバート・ポールスン」

リーダーが叫ぶ。「年齢は四十八」

すると群衆が叫ぶ。「年齢は四十八」

彼は四十八歳で、ファイト・クラブの一員だった。

彼は四十八歳で、騒乱プロジェクトの一員だった。

死んで初めてぼくらは名で呼ばれる。死んだ者はプロジェクトの一員ではなくなるからだ。死と引き換えに、ぼくらは英雄になる。

そして群衆は叫ぶ。「ロバート・ポールスン」

そして群衆は叫ぶ。「ロバート・ポールスン」

そして群衆は叫ぶ。「ロバート・ポールスン」

今夜、ぼくはファイト・クラブを閉鎖するために参加する。ぼくは部屋の真ん中にぽつんと灯る電球の下に立つ。群衆は歓声をあげる。ここに集まった全員にとってぼくはタイラー・ダーデンだ。利口で、説得力があって、大胆。ぼくは両手を上げて静寂を求める。そして提案する。今夜はこれで解散にしよう。今夜は家に帰ろう。ファイト・クラブのことは忘れよう。

ファイト・クラブは目的を達成したのではないか。そうは思わないか？

騒乱プロジェクトは解散だ。

今夜はテレビでフットボールの好カードを放映しているって……

百人の男が無言でぼくを見つめている。

人ひとり死んだんだぞ、とぼくは言う。ゲームはおしまいだ。この先はもはやお遊びではなくなる。

そのとき、群衆を取り巻く暗闇から、リーダーの顔のない声が聞こえる。「ファイト・クラブ規則第一条、ファイト・クラブについて口にしてはならない」

ぼくはわめく。帰れ！

「ファイト・クラブ規則第二条、ファイト・クラブについて口にしてはならない」

ファイト・クラブは解散だ！　騒乱プロジェクトは解散だ。

「規則第三条、ファイトは一対一」

ぼくはタイラー・ダーデンだぞ、とぼくはわめく。そのぼくが帰れと命令してるんだ！

しかし誰一人ぼくを見ていない。男たちは部屋の中央をはさんで正面にいる者を見つめている。

リーダーの声がゆっくりと部屋を巡る。一対一。シャツは脱ぐ。靴は脱ぐ。

ファイトに時間制限はなし。

これと同じことが、百の街で、半ダースの言語で進行する様を想像してくれ。

規則の確認が終わり、ぼくはまだ光の輪の真ん中に立っている。

「登録ファイト一番、フロアへ」暗闇の声が怒鳴る。「クラブの中央を空けろ」

ぼくは動かない。

「クラブの中央を空けろ！」

ぼくは動かない。

たった一つの明かりが暗闇に沈む百組の瞳に反射している。百組の瞳すべてがぼくに注目し、待っている。ぼくはタイラーと同じ目で一人ひとりを見ようとする。騒乱プロジェクトで鍛えたらものになりそうな最強のファイターを選ぶ。タイラーなら、どいつをペーパー・ストリート石鹸会社の労働に勧誘する？

「クラブの中央を空けろ！」ファイト・クラブの既定の手続きだ。リーダーから三度同じことを要求されて応じなければ、ぼくはクラブから追放される。

だがぼくはタイラー・ダーデンだ。ファイト・クラブの創始者だ。ファイト・クラブはぼくのものだ。規則を書いたのはぼくだ。ぼくがいなければ、きみたちの誰一人ここにはいなかった。そのぼくがこれで終わりだと言ってるんだ！

「クラブ員の追放に備えよ。三、二、一」

男たちの輪がぼくの上に崩れてくる。二百本の手が伸びてぼくの腕や脚を隙間なく万力のように締め上げ、ぼくは翼を広げたワシのように光のほうへと舞い上がる。

魂の脱出に備えよ。五、四、三、二、一。

ぼくは群衆の頭上を手から手へ受け渡され、群衆の波はドアへと向かう。ぼくは浮かんでいる。ぼくは飛んでいる。

ぼくはわめいている。ファイト・クラブはぼくのものだ。騒乱プロジェクトはぼくのアイデアだ。ぼくを追放するなど許さない。決定権はぼくにある。家に帰れ。

リーダーが声を張り上げる。「登録ファイト一番、フロアの中央へ！　いますぐ！」

追い出されてなるものか。あきらめないぞ。負けてたまるか。決定権はぼくにある。

「ファイト・クラブ・メンバーを追放せよ！　いますぐ！」

魂、脱出。

ぼくはドアから飛び立つ。頭上に広がる星空と冷たい空気が包む夜へ飛び立つ。そしてまもなく駐車場のコンクリートに着陸する。無数の手は一斉に撤退し、ぼくの後ろでドアが閉まり、スライド錠ががしゃんと音を立てる。百の街で、ぼく抜きのファイト・クラブが続く。

25

何年も眠りたいと願ってきた。ふっと意識が遠のく感覚、それに身をゆだねる感覚、落ちていく感覚。ところがいまは眠るのだけはごめんだと思っている。ぼくはリージェント・ホテルの８Ｇの部屋でマーラと一緒にいる。同じ建物の小さな部屋に閉じこめられた老人やジャンキーたちのことを思うと、この部屋を行きつ戻りつするぼくの絶望感は、ある意味ノーマルで当然のものと思えてくる。

「これのんで」マーラはベッドの上に足を組んで座り、ブリスター包装の台紙から目覚ましの薬を六錠押し出している。「昔、ひどい悪夢に悩まされてる男とつきあったことがある。その人も眠るのを怖がった」

その男はどうなった？

「死んだわよ。心臓発作。過量摂取。アンフェタミンの濫用」とマーラが言う。「まだ十九歳だった」

励まされる話をどうも。

ぼくらがホテルに着いたとき、ロビーのデスクにいた男は髪が半分くらい引っこ抜かれていた。頭皮は赤くすりむけ、かさぶたができていて、そいつはぼくに最敬礼をした。ロビーでテレビを眺めていたお年寄りたちは、デスクの男がサーと呼んだ相手を確かめようと一斉に振り返った。

「こんばんは、サー」

いまごろ騒乱プロジェクトの司令部かどこかに電話して、ぼくが現われたと報告しているあの男の姿が目に浮かぶ。司令部の壁には街路図が貼られていて、ぼくの移動経路をちっちゃな画鋲を打って追っていることだろう。『野生の王国』で認識票をつけて渡りの経路を追跡されるガンになった気分だ。

やつらは全員、ぼくをスパイし、行動を見張っている。

「いっぺんに六錠のんでも気持ち悪くならずにすむ方法がある」とマーラが言う。「お尻の穴に入れなきゃならないけど」

へえ、そりゃ嬉しいね。

マーラが言う。「出まかせじゃないわよ。あとでもっと強い薬を手に入れてもいい。クロストップとかブラックビューティとかアリゲーターとか、本物のドラッグ」

尻の穴に突っこむなんてごめんだ。

「のむなら二錠だけにして」

これからどうする？

「ボウリング。朝まで営業してるし、寝たら追い出されるから」

どこに行っても、とぼくは言う。全員がぼくをタイラー・ダーデンだと考える。

「だからバスの運転手は料金を取らなかったわけ？」

そうだ。乗客が二人、席を譲ってくれたのも。

「つまり何が言いたいの？」

ただ隠れてたって問題は解決しないと思う。どうにかしてタイラーを始末しないと。

「昔、あたしの服を着るのが好きな男とつきあったことがある」とマーラが言う。「ワンピースとか。ベール付きの帽子とか。あんたも女装すればこっそり移動できるんじゃない」

女装なんかごめんだし、錠剤を尻の穴に突っこむのもごめんだ。

「もっとひどいのもある」とマーラが言う。「昔つきあった男に、そいつのダッチワイフを相手にレズってみろって言われた」

ぼくもそのうちマーラの思い出話になるんだろう。

——昔、多重人格の男とつきあったことがあってね。

「また別の男は、よく売ってるペニスを大きくする器具を使ってた」

いま何時だ？

「朝の四時」

三時間後には出勤しなくちゃ。

「ほら、薬をのんで」とマーラが言う。「あんたはタイラー・ダーデンなわけだから、ボウリングもきっと無料ね。そうだ、タイラーを始末する前に買物に行かない？　いい車が欲しい。服も。ＣＤも。何でも無料っていうのにはいい面もありそう」

マーラ。

「わかった。いまのは取り消し」

26

昔から、愛は憎しみと紙一重と言うだろう。逆もまた真なりだ。

本当さ、逆もまた真なりだ。

今朝、ぼくが出勤すると、ビルと駐車場のあいだに警察のバリケードが築かれ、正面エントランス前には警察官が陣取って、ぼくの職場の同僚から事情を聞いていた。エントランス前は大混雑だった。

ぼくはバスを降りることさえしなかった。

ぼくはジョーの冷や汗です。

バスの窓から見上げると、ビルの三階部分の床から天井まで届く窓が吹き飛び、薄汚れた黄色の防水服姿の消防隊員が焼け焦げた吊り天井のパネルを叩き落とそうとしているのが見える。くすぶるデスクが消防隊員二名の手で割れた窓からじりじりと押し出される。

デスクは傾き、滑り、三階分を一瞬で落ち、音というより衝撃とともに歩道に着地する。

デスクは二つに割れ、なおも煙を上げ続ける。

ぼくはジョーのみぞおちです。

あれはぼくのデスクだ。

ぼくのボスが死んだんだ。

ナパームには三種類の作り方がある。タイラーがぼくのボスを殺すつもりでいることは知っていた。両手にガソリンの匂いがついているのに気づいた瞬間、仕事を辞めておきたかったと口にした瞬間、ぼくはその許可を与えたも同然だ。どうぞ、遠慮なくどうぞ。

ぼくのボスを殺してください。

ああ、タイラー。

ぼくはコンピューターが爆発したと知っている。

ぼくがそれを知っているのは、タイラーが知っているからだ。

ぼくはそれを知っていたくはない。宝石職人が使うハンドドリルでコンピューターのモニターの上部に孔を穿つ。全スペース・モンキーがそれを知っている。ぼくはタイラーのメモをタイプした。電球爆弾の進化版だ。電球に孔を開けてガソリンを注入する。孔を蝋かシリコンでふさぎ、ソケットに電球をねじこみ、誰かが部屋に入って電灯のスイッチを入れるのを待つ。

コンピューターモニターのブラウン管には、電球よりもはるかに大量のガソリンが入る。

ブラウン管つまりCRTの場合、手軽にやるならモニターのプラスチック製の筐体を外す。あるいは、筐体上部の放熱スリットから作業をする。

まずモニターの電源プラグと、コンピューターと接続しているプラグを抜く。

このやり方はテレビでも有効だ。

心得ておくべきは、たとえカーペットからの静電気であっても火花が散れば、作業者は死ぬということだ。悲鳴とともに、生きたまま焼かれて死ぬ。

CRTの受動素子には三〇〇ボルトの電気が蓄えられるから、まず大きくて頑丈なドライバーでメイン電源供給コンデンサーからの電気を遮断しておく。この時点で死んだら、使ったドライバーが絶縁ドライバーではなかった証拠だ。

ブラウン管内部は真空だから、孔が空いた瞬間、チューブが空気を吸いこみ、口笛みたいなかすかな音がする。

ドリルのビットを大きなものに換えて孔を広げ、さらに大きなものに換え、じょうごの先端が入るまで孔を広げる。次にブラウン管にお好みの爆薬を注入する。お勧めは自家製ナパーム。ガソリンそのままか、ガソリンに冷凍濃縮オレンジジュースか猫砂を混ぜて使う。

ちょっと愉快な爆薬は、過マンガン酸カリウムに粉砂糖を混ぜたものだ。要するに、燃焼速度の速い成分に、その燃焼を加速するための酸素を供給できる成分を混ぜるわけだ。すると瞬時に燃焼する。その現象は爆発と呼ばれる。

過酸化バリウムと亜鉛末。

硝酸アンモニウムとアルミニウム末。

アナーキズムのヌーベルキュイジーヌ。

硝酸バリウムの硫黄ソースがけ木炭添え。これが初歩的な火薬だ。

どうぞ召し上がれ。

コンピューターのモニターにそういった爆薬をしこたま詰める。すると誰かが電源を投入した瞬間、二キロから三キロ分の火薬が目の前で爆発する。

問題は、ぼくはボスを実は嫌いじゃなかったことだ。

男に生まれ、キリスト教徒で、アメリカ在住なら、神のモデルは父親だ。職場で父親を見つけることだってある。

ただ、タイラーはぼくのボスを嫌っていた。

警察はぼくを捜すだろう。先週の金曜の夜、最後にビルを出たのはぼくだった。ぼくがデスクで目を覚ますとデスクに息が水滴になってついていて、タイラーが電話でぼくに言った。「外へ出ろ。駐車場で奴らが待ってる」

キャデラックが待っている。

ガソリンはまだぼくの手についていた。

ファイト・クラブ専属メカニックは訊いた。死の寸前、何をやっておけばよかったと後悔しそうだ?

ぼくは仕事を辞めたいと言った。そう言うと同時に、ぼくはタイラーに許可を与えた。遠慮なくどうぞ。ぼくのボスを殺してください。

爆発したオフィスから、ぼくはバスに乗ったまま終点の砂利を敷いた折り返し所まで行く。市街地が尽き、空き地や畑に変わるのはここからだ。軽食の包みと魔法瓶を取り出した運転手は、リアビューミラー越しにぼくをじっと見ている。

どこなら警察はぼくを捜していないだろう。ぼくは懸命に考える。バスの最後部にいるぼくと運転手のあいだには、たぶん二十人くらいが座っている。ぼくは二十の後頭部を数える。

二十個の坊主頭。

運転手が運転席で体をねじり、後部座席のぼくに大きな声で言う。「ミスター・ダーデン、あなたのなさってること、心の底から敬服してます」

ぼくはそいつに見覚えがない。

「どうか許してくださいよ」運転手が言う。「コミッティによれば、あなたがご自分で指示なさったそうですし、サー」

坊主頭が一つ、また一つ、ぼくのほうを振り返る。次に一人ずつ立ち上がる。一人はぼろ切れを手にしていて、エーテルの匂いが漂ってくる。一番近くの一人はハンティングナイフを持っている。ナイフを持ったそいつは、ファイト・クラブ専属メカニックだ。

「勇敢なお方だ」バスの運転手が言う。「ご自分を宿題の対象にするとは」

メカニックが運転手に命じる。「黙ってろ。見張り役というのはしゃべる役じゃない」

スペース・モンキーの誰かがタマを縛る輪ゴムを持っているはずだ。バスの前半分はスペース・モンキーで満員だ。

メカニックが言う。「手順はわかってるな、ミスター・ダーデン。自分で言ったことだ。あんたはこう言った。クラブを閉鎖しようとする者がいたら、それがあんたであっても、タマをいただかなくてはならない」

生殖腺。

タマ。

睾丸。

ウエボス。

想像してくれ。サンドイッチ用ビニール袋に入ってペーパー・ストリート石鹸会社の冷凍庫で凍っている自分の大事な部分。

「抵抗しても無駄ってことはわかってるだろう」メカニックが言う。

運転手はサンドイッチを咀嚼《そしやく》しながら、リアビューミラーに映るぼくらを見ている。

むせぶような警察のサイレンが近づいてくる。遠くの畑でがたごと走る耕耘機。小鳥たちの声。バスの最後部の窓は半分開いている。空の雲。砂利を敷いた折り返し所を縁取る雑草。雑草にたかるハチだかハエ。

「ちょっとした担保をいただきたいだけだ」ファイト・クラブ専属メカニックが言う。「これは、今度ばかりは、単なる脅しじゃないんだ、ミスター・ダーデン。今回は切らせてもらわないと」

運転手がつぶやく。「警察だ」

サイレンがバスの前のどこかに近づく。

抵抗するにも、何を武器に？

パトロールカーがバスに横付けし、青と赤の光がバスの窓越しに閃き、バスの外で誰かが怒鳴っている。「おい、待て」

ぼくは救われた。

救われたと言えるなら。

警察にタイラーのことを話せばいい。ファイト・クラブの全貌をばらす。たぶんぼくは刑務所に放りこまれ、そうなれば騒乱プロジェクトはぼくのではなく警察の頭痛の種になる。ぼくはこんなふうにナイフを見下ろさなくてすむ。

警官たちがバスのステップを上がってくる。一人目が言う。「おい、もう切ったか？」二人目が言う。「時間がないぞ。そいつに逮捕状が出てる」

それからそいつは帽子を取り、ぼくに言う。「どうか気を悪くなさらずに、ミスター・ダーデン。ようやくお会いできて光栄です」

ぼくは言う。きみたちは大きな間違いをしようとしている。

メカニックが言う。「十中八九そう言うだろうって、あんたは言ってた」

ぼくはタイラー・ダーデンじゃない。

「それも言うだろうと言ってた」

規則を変えよう。ファイト・クラブは継続してかまわないが、誰かを去勢するのは禁止だ。

「そうだろう、そうだろう、そうだろう」メカニックが言う。やつはナイフを体の前に構えて通路を半分近づいてきていた。「間違いなくそう言うだろうって、あんた自分で言ってたよ」

わかった、じゃあぼくはタイラー・ダーデンだ。そうとも。ぼくはタイラー・ダーデンだ。規則を決めるのはぼくだ。さあ、ナイフを下ろせ。

メカニックは肩越しに怒鳴る。「カット・アンド・ランの最速記録は？」

誰かが怒鳴り返す。「四分」

メカニックが怒鳴る。「誰か時間を計ってるか？」

警官は二人ともステップを上りきってバスの前部に立ち、一人が腕時計に目をやって言う。「ちょい待ち。秒針が十二に行くまで待て」

　警官が言う。「九」

「八」

「七」

　ぼくは半開きの窓に頭からダイブする。

　薄い金属の窓枠に腹がぶつかる。背後でファイト・クラブ専属メカニックが怒鳴る。

「ミスター・ダーデン！　時間を計ってるってのにまったく」

　窓の外に半身だけぶら下がり、ぼくはリアタイヤの黒いゴムの側壁に爪を立てる。タイヤハウスの縁をつかんで引っ張る。誰かがぼくの足をつかんで引っ張る。ぼくはかなたの耕耘機に向かってわめく。「おい」もう一度。「おーい」逆さまにぶら下がった顔が熱くなって膨れ、血がそこに集まる。自分の体をほんの少し外へ引っ張った。足首をつかんだ手に引っ張り戻される。ネクタイがはらりと顔を叩く。ベルトのバックルが窓枠に引っかかる。ハチとハエと雑草はすぐにそこに見えていて、ぼくはわめく。「おーい！」

　ぼくのズボンのウェストを幾組もの手がつかみ、ぼくを車内に引きずりこむ。ズボンとベルトがぼくの尻に食いこんだ。

　バスのなかから誰かの怒鳴り声。「一分経過！」

　靴が脱げる。

窓の内側に引っかかったベルトのバックルが横に滑る。

背後の手がぼくの両脚を一まとめにした。太陽に焼かれた窓枠が腹に熱い。白シャツが広がり、垂れ下がってぼくの頭と肩を包囲する。ぼくの両手はまだタイヤハウスの縁にしがみつき、ぼくはまだわめいている。「おーい！」

ぼくの両脚は後ろにまっすぐ伸ばされて一まとめにされている。ズボンが脚を滑っていって消える。尻に陽射しが温かい。

頭の奥が激しく脈打ち、圧力で目玉は飛び出しかけている。ぼくに見えるのは顔を覆って垂れた白シャツだけだ。耕耘機のがたごという音がどこかで聞こえている。ハチがぶうんとうなっている。どこかで。何もかもが一〇〇万キロのかなたで起きている。ぼくの後方一〇〇万キロで誰かが怒鳴っている。「二分経過！」

誰かの手がぼくの脚のあいだを滑り、ぼくを探る。

「痛い思いはさせるなよ」誰かの声。

ぼくの足首をつかんだ手は一〇〇万キロのかなたにある。その手は長い長い道の終点にあると想像してみましょう。誘導瞑想です。

窓枠はあなたの腹を切り裂くなまくらな熱いナイフだと想像してはいけません。

男たちの一団が綱引きみたいにあなたの脚を開こうとしていると想像してはいけません。

一〇〇万キロのかなたで、無限のかなたで、荒れた温かい手が根もとをつかみ、引っ張って伸ばし、何かがそこをきつく、きつく、きつく締め上げています。

輪ゴム。

あなたはアイルランドに来ています。

あなたはファイト・クラブに来ています。

あなたは会社に来ています。

あなたはここ以外ならどこだっていいどこかに来ています。

「三分経過！」

はるかはるかはるかかなたの誰かが怒鳴る。「ミスター・ダーデン、決めの台詞は知ってますね。ファイト・クラブを敵に回すなかれ」

温かな手があなたのそこを下から支えています。氷のようなナイフの切っ先。

胸に誰かの腕がからみついています。

人と触れ合うことで心を癒やしましょう。

抱擁タイム。

エーテルが鼻と口に押し当てられます。強く。

次は無だ。無にも満たない何か。忘却。

27

夜の街の瞬きの上空に浮かぶ爆発し燃え尽きたぼくのコンドミニアムの殻は、宇宙のように黒い廃墟だ。窓はなく、十五階の崖っぷちで警察の黄色い犯罪現場保存テープがねじれながら揺れている。

目を覚ますとそこはコンクリートの下張り床だ。かつてその上にメープル材の仕上げ床が張られていた。爆発前には壁に絵が並んでいた。スウェーデン製家具が並んでいた。タイラー以前には。

ぼくは服を着ている。ポケットに手を差し入れて確かめた。

ちゃんとついている。

縮み上がってはいるが、ちゃんとついたままだ。

駐車場の上空十五階の床の縁に歩み寄る。そこから街の瞬きと星空を見晴らせば、ぼくという存在は消える。

すべてはぼくらの手の及ばぬ場所にある。

ここに、星空と地球のあいだに広がる何キロもの夜に囲まれていると、宇宙に打ち上げられた動物の気分だ。

イヌ。

サル。

ヒト。

訓練のとおり繰り返すのみ。レバーを引く。ボタンを押す。意味もわからないまま繰り返すのみ。

世界は狂い始めている。ぼくのボスは死んだ。ぼくの家は吹き飛んだ。ぼくの仕事はなくなった。そのすべての元凶はぼくだ。

何も残っていない。

銀行口座は貸し越しになっている。

ほら、崖から足を踏み出せ。

警察のテープがぼくと忘却のあいだではためいている。

崖から足を踏み出せ。

ほかに何が残っている?

崖から足を踏み出せ。

マーラがいる。

崖から飛び降りろ。

マーラがいる。マーラはすべての只中にいる。しかもそのことを知らない。

しかもおまえを愛している。

タイラーを愛している。

マーラにはその区別がついていない。

誰かが教えてやらなくちゃ。出ろ。出ろ。ここを出ろ。

命はまだ取っておけ。

エレベーターでロビーまで下りると、一度もいい顔をしたことのないドアマンがいて、歯が三本欠けた歯茎をのぞかせて微笑む。「こんばんは、ミスター・ダーデン。タクシーをお呼びしましょうか。あの、具合でも？　電話をお使いになりますか？」

リージェント・ホテルのマーラに電話する。

リージェント・ホテルの交換手が応答する。「すぐにおつなぎいたします、ミスター・ダーデン」

そしてマーラが電話に出る。

背後でドアマンが聞き耳を立てている。リージェント・ホテルの交換手もおそらく盗み聞きしている。マーラ、話があるんだ。

マーラが言う。「糞くらえよ」

きみの身に危険が迫っているかもしれない。事情を把握しておいたほうがいい。すぐに会ってくれ。話したいことがある。

「どこで?」

ぼくらが最初に出会った場所。思い出せ。記憶をたどれ。

白い癒しの光球。七色の扉。

「あそこね。二十分で行ける」

かならず来てくれ。

電話を切ると、ドアマンが言う。「タクシーをお呼びしますよ、ミスター・ダーデン。どこまで行かれても運賃は無料です」

ファイト・クラブの連中が追跡している。けっこう、とドアマンに答える。気持ちのいい夜だから歩いていくよ。

土曜の晩はファースト・メソジスト教会の地下の結腸ガンの夜で、マーラは先に来ている。

煙草を吹かすマーラ・シンガー。ぎょろりと目を回すマーラ・シンガー。片目の周りに黒痣を作ったマーラ・シンガー。

瞑想の輪の反対側に回り、毛足の長いカーペットに腰を下ろして、守護動物を呼び寄せようと意識を集中するあいだも、マーラは黒痣のできた目でこっちをにらみつける。目を閉じ、七扉の宮殿の瞑想をしていても、やはりマーラの鋭い視線を感じる。ぼくらは内なる子供をあやす。

マーラがにらむ。

抱擁タイムだ。

目を開けてください。

パートナーを選びましょう。

マーラは三歩で部屋を横切り、ぼくの頬を張り飛ばす。

気持ちを洗いざらい打ち明けましょう。

「この糞ったれのごますり男」マーラが言う。

ぼくらの周囲では、全員が茫然とこっちを見つめている。

次の瞬間、マーラの両の拳があらゆる方角からぼくを叩いている。「人殺し」マーラがわめいている。「警察に通報した。そろそろ来るころよ」

ぼくはマーラの手首を押さえて言う。警察が来るわけがないとは言わない。だが、十中八九来ないだろう。

マーラが身をよじって言う。警察はいまごろ車を飛ばしてこっちに向かっている。あんたを電気椅子にくくりつけてその目玉をローストするか、少なくとも薬物注射で死刑にするつもりよ。

そんなの、ハチに刺された程度の痛みにしか思えないはずだ。

フェノバルビタールナトリウムの過量投与、それに続く大いなる眠り。『犬の谷』スタイル。

マーラは、ぼくが人を殺す現場を目撃したと言う。

ぼくのボスのことを言ってるなら、そうだ、そうだ、そうだ、そうだ、そうだ、わかっている、警察も知ってるさ、ぼくを注射で死刑にしてやろうと誰もがぼくを捜している。だけどぼくのボスを殺したのはタイラーだ。

タイラーとぼくの指紋はたまたま一致している。だがそんな事情は誰も理解していない。

「糞くらえだわ」マーラは言い、殴られて黒痣のできた目を突きつけるようにした。「あんたやあんたのけちな弟子どもが、自分が殴られるのが好きだってだけの理由でまたあたしに手を上げたら、次は殺してやるからね」

「今夜、あんたが人を撃つ現場を目撃したのよ」マーラは言う。

いや、あれは爆弾だよ、とぼくは言う。それに今朝の話だ。タイラーがコンピューターのモニターに孔を空けてガソリンか火薬をしこたま入れておいたんだ。

本物の結腸ガンを腹に押し隠した人々はひたすら成り行きを見守っている。

「違う」とマーラは言う。「あんたをプレスマン・ホテルまで尾けたら、あんたは例の殺人ミステリ・パーティでウェイターをしてた」

殺人ミステリ・パーティ、金持ち連中をホテルの大規模ディナー・パーティに集めてアガサ・クリスティーのミステリの真似事をするパーティ。グラヴラックス風ブラッドソーセージの皿が下げられ、シカの鞍下肉が供される合間に照明が一分ほど消え、客の誰かが殺されたふりをする。無邪気な殺人ごっこだ。

そしてディナーのおしまいまで、ゲストは酒を飲み、マディラ風味のコンソメを味わいながら手がかりを探し、ゲストのなかの頭のいかれた殺人者を追い詰める。

マーラがわめく。「あんたは市のリサイクル担当特命大使を射殺したのよ！」

何とかかんとか特命大使を射殺したのはタイラーだ。

マーラが言う。「だいたい、ガンなんかじゃないくせに！」

事態はそうも急展開するものだ。

ぱちんと指を鳴らすように。

その場の全員が見ている。

ぼくは怒鳴る。きみだってガンじゃないだろう！

「この人、二年もここに来てるけどね」マーラが負けじと大声を張り上げる。「どこも悪くなんかないんだから！」

ぼくはきみの命を救おうとしてるんだぞ！

「どういうことよ？　あたしが命を救われる必要がどこにあるの？」

ぼくを尾行してたからだ。今夜ぼくを尾行したから、タイラー・ダーデンが人を殺す現場を目撃したからだ。タイラーは騒乱プロジェクトの脅威になりかねない相手は誰であろうと殺すだろう。

部屋のなかの全員が己の些細《ささい》な悲劇などすっかり忘れたような顔をしている。些細なガンの悩み。鎮痛剤で朦朧としているはずの患者までがぱっちり目を覚まして聞き耳を立てている。

ぼくは観客に向かって言う。申し訳ない。迷惑をかけるつもりはなかった。ぼくらは帰ります。こういう話は外でするべきでした。

すると全員が唱和する。「待って！　ここで続けてくれ。それで？」

ぼくは人殺しなどしていない、とぼくは言う。ぼくはタイラー・ダーデンじゃない。タイラーはぼくのもう一つの人格だ。ぼくは言う。『シビル』って映画を観たことはないか？

マーラが言う。「で、誰があたしを殺そうとしてるわけ？」

タイラーだ。

「あんた？」

タイラーだよ、とぼくは繰り返す。ぼくならタイラーを始末できる。きみはとにかく騒乱プロジェクトの連中に用心してくれ。きみを尾行しろとか誘拐しろとか何とか、タイラーから命じられているかもしれないから。

「そんな話、あたしがどうして信じると思う？」

事態はそうも急展開するものだ。

ぼくは答える。たぶん、ぼくがきみを好きだからだ。

マーラが言う。「愛してるんじゃなく？」

そうでなくたってメロドラマじみた場面なのに、とぼくは言う。困らせないでくれ。

観客が一様に微笑む。

ぼくは行かないと。ぼくがここにいるとまずい。いいか、坊主頭の連中や痣だらけの連中を見たら用心しろ。黒痣のできた目。欠けた歯。そういう連中だ。

するとマーラは言う。「で、あんたはどこへ？」

ぼくはタイラー・ダーデンを始末しなくてはならない。

28

彼の名はパトリック・マッデン、市のリサイクル担当特命大使だった。彼の名はパトリック・マッデン、騒乱プロジェクトの敵だった。

ぼくはファースト・メソジスト教会を取り巻く夜に足を踏み出す。そこからすべてが蘇り始める。

タイラーが知るすべてが蘇り始めていた。

パトリック・マッデンはファイト・クラブが集会を行なうバーのリストを作成していた。

唐突に、ぼくは映写機の使い方を知っている。錠の壊し方を知り、ビーチでぼくの前に姿を現わす直前にタイラーがペーパー・ストリートの家を借りた経緯を知っている。

ぼくはタイラーが出現した理由を知っている。タイラーはマーラを愛していた。ぼくがマーラと出会った晩、タイラーまたはぼくの一部は、マーラとつきあう方法を求めた。

いや、そんなことはどうでもいい。いまはどうだっていい。それでも、夜の街を歩いて一番近いファイト・クラブに向かうぼくの頭に、ディテールが一つ一つ蘇ってくる。

土曜の夜にはアーモリー・バーの地下でファイト・クラブが開かれる。パトリック・マッデン、哀れな故パトリック・マッデンが作成していたリストにも、その名前はおそらく載っているだろう。

今夜、ぼくがアーモリー・バーに行くと、ジッパーが開くように群衆が道を空ける。その全員にとって、ぼくは強く偉大なタイラー・ダーデンだ。神であり、父だ。

あちこちから声がかかる。「こんばんは、サー」

「ファイト・クラブへようこそ、サー」

「おいでいただいて光栄です、サー」

ぼくの怪物の顔はようやく治癒の兆しを見せ始めている。頬に開いた口は笑っている。本物の口はしかめ面をしている。

ぼくはタイラー・ダーデンだ。だからせいぜいちやほやするといい。ぼくはその晩クラブに集まった全員とファイトを登録する。五十ファイト。一度に一ファイト。靴は脱ぐ。シャツも脱ぐ。

ファイトに時間制限はない。

そしてもし、タイラーがマーラを愛しているのなら。

ぼくもマーラを愛している。

そしてファイト・クラブで起きる出来事は言葉を介さない。ぼくが行けることのないフランスのビーチを絞め殺してやりたい。ロックフェラーセンターの廃墟を囲む湿り気の多い谷間の森でヘラジカを狩るところを想像してくれ。

最初のファイトの相手は、ぼくにフルネルソンという技をかけ、ぼくの顔を、ぼくの頬を、ぼくの頬にあいた穴をコンクリートの床に叩きつける。穴の内側のぼくの歯はぱきりと折れ、ぼくの舌にのこぎり型の根を下ろす。

いまなら死んで床に横たわるパトリック・マッデンを思い出せる。ちっちゃな陶器の人形みたいな妻、髪をシニョンに結った小娘。妻は楽しげにくすくす笑いながら、死んだ夫の唇にシャンパンを注ごうとした。

妻は、この血糊、小道具にしては赤すぎると言った。ミセス・パトリック・マッデンは夫の傍らの血溜まりに二本指を浸し、その指を口に含んだ。

歯がぼくの舌に根を張り、血の味が広がる。

ミセス・パトリック・マッデンの口に血の味が広がった。

スペース・モンキーのウェイターたちに護衛されて殺人ミステリ・パーティ会場の片隅に立つぼく自身が蘇る。壁紙みたいな暗い色味のバラ模様のワンピースをまとったマーラは会場の反対側から見守っていた。

二番目のファイトの相手は、ぼくの左右の肩甲骨のあいだに膝をめりこませ、ぼくの腕を背中に回して締め上げ、コンクリートの床に胸を叩きつける。鎖骨の一本がぴしりと折れる音が響く。

大英博物館のエルギン・マーブルをハンマーで叩き壊し、モナリザでケツを拭いてやりたい。

ミセス・パトリック・マッデンは血まみれの二本指を持ち上げる。彼女の歯の隙間を血が這い上がっていく。血は指を伝い、手首を伝い、ダイヤモンドのブレスレットを越え、肘から滴り落ちた。

登録ファイト三番、目を覚ますと、登録ファイト三番が始まるところだった。ファイト・クラブでは名前はもはや意味を持たない。

おまえは名前ではない。

おまえはおまえの家族ではない。

ナンバー・スリーはぼくの望みを承知しているらしく、ぼくの頭を闇でくるんで締め上げる。世の中には、頸動脈を圧迫して意識を失う寸前まで脳を低酸素状態にするスリーパー・ホールドという技がある。ナンバー・スリーはぼくの頭を赤ん坊かフットボールみたいに脇の下に抱えこみ、杭打ち機みたいに拳骨をぼくの顔に振り下ろす。

やがてぼくの歯が頬を内側から突き破る。

やがてぼくの頬の穴はぼくの口角と出会い、手を結んで鼻の下と耳の下をつなぐ醜いぎざぎざの流し目を形づくる。

ナンバー・スリーは関節の皮膚が裂けるまで拳を振り下ろす。

ぼくが泣き出すまで。

愛する人間がすべていつか自分を拒絶し、あるいは死ぬ。

創り出すすべてがやがてごみ箱行きになる。

誇りに思うすべてがやがてごみ箱行きになる。

ぼくはオジマンディアスだ。王の中の王だ。

次のパンチでぼくの歯は舌をはさんだままかちりと鳴る。ぼくの舌の半分が床に落ち、蹴られてどこかへ飛んでいく。

ミセス・パトリック・マッデンというちっちゃな陶器の人形は夫の死体の傍らに膝をつく。金持ち連中、夫妻が友人と呼ぶ酔っ払い連中は妻の周囲にそびえるように立ち、笑っている。

妻が言う。「パトリック？」

血溜まりは広がり、広がって、やがて彼女のスカートの裾に触れる。

妻が言う。「パトリック、いいかげんにして、死んだふりはそこまで」

血は毛管引力を利用して彼女のスカートの裾から這い上がる。糸から糸を伝い、スカートを這い登っていく。

ぼくの周囲で騒乱プロジェクトの男たちがわめき散らしている。

次の瞬間、ミセス・パトリック・マッデンが悲鳴をあげている。

そしてアーモリー・バーの地下室で、タイラー・ダーデンは床に滑り落ちて体温をもった小山になる。偉大なるタイラー・ダーデン、ただ一瞬だけ完璧だったタイラー・ダーデン、完璧な存在はせいぜい一瞬しか続かないとのたまったタイラー・ダーデン。

なおもファイトは続き、続いていく。ぼくは死を望んでいるからだ。死んで初めて名で呼ばれるからだ。死んで初めて騒乱プロジェクトの一員でなくなるからだ。

29

タイラーがすぐそこに立っている。完璧なまでに美しく、すべてが淡い金色をした天使のごとく。生きたいという自分の意志に、我ながら驚かされる。

ぼくは、対照的にぼくは、ペーパー・ストリート石鹸会社のぼくの寝室に置いたむき出しのマットレスに横たわる、血まみれで干からびた組織サンプルだ。

ぼくの寝室のものは残らず消えている。

十分間だけガンを患ったときの写真をはさんであった鏡。ガンよりも悪性のガン。鏡ごと消えている。クローゼットのドアは開いていて、六組の白いシャツ、黒いズボン、下着、靴下、靴が消えている。

タイラーが言う。「起きろ」

あるのが当たり前のつもりでいたすべてのものの下と後ろと内側で、身の毛のよだつ何かが成長していた。

すべてが崩壊した。

スペース・モンキーも一人もいない。何もかも別の場所に移された。吸引した脂肪、簡易寝台、金。とりわけ金。残ったのは庭とこの借家だけだ。

タイラーが言う。「あとはおまえを殉教させるだけだ。おまえを盛大に死なせるだけだ」

悲しく、沈鬱な類の死ではなく、にぎやかで、周囲に勇気を与える類の死になる。ああ、タイラー。痛いよ。一思いに殺してくれないか。

「起きろ」

さっさと殺せよ。殺せ。殺せ。殺せ。殺せ。

「盛大にやらないとな」タイラーが言う。「想像してみろ。おまえは世界一高いビルのてっぺんに立っていて、そのビルは上から下まで騒乱プロジェクトに乗っ取られている。窓から煙がたなびいている。通りで見上げる群衆の頭上にデスクが落ちていく。リアルな死のオペラ。おまえのためのオペラ」

やめてくれ、とぼくは言う。もう存分にぼくを利用しただろう。

「協力しないなら、マーラを追う」

案内してくれ、とぼくは言う。

「まずはさっさとベッドから出るんだな」タイラーが言った。「車にそのケツを乗せろ」

というわけで、タイラーとぼくはパーカー＝モリス・ビルの屋上でぼくの口に銃口を突っこんでいる。

ぼくらに残された時間は十分。

パーカー－モリス・ビルは十分後には消滅する。ぼくがそれを知っているのは、タイラーが知っているからだ。

ぼくの喉の奥に銃口を食いこませて、タイラーは言う。「おれたちは本当に死ぬわけじゃない」

ぼくは舌で銃身を生き残った頬によけて言う。タイラー、それじゃまるきりバンパイアだ。

ぼくらに残された時間は八分。

銃は、警察のヘリコプターが予想より早く到着した場合の保険だ。

神の目には、一人で自分の口に銃を突っこんだ男と映るだろうが、しかし、銃を持っているのはタイラーで、危機に直面しているのはぼくの命だ。

濃度九八パーセントの発煙硝酸を三倍量の硫酸に加える。

ニトログリセリンができる。

七分。

ニトロとおがくずを混ぜれば、りっぱなプラスチック爆薬ができる。脱脂綿にニトロを混ぜ、硫酸マグネシウムとしてエプソムソルトを加えるスペース・モンキーも多い。この製法も有効だ。ニトロとパラフィンを混ぜ合わせて使うスペース・モンキーもいる。ぼくがパラフィンを使ってうまくいったためしはない。

四分。

タイラーとぼくは屋上の縁に立ち、銃口はぼくの口に突っこまれ、ぼくはこの銃は清潔だろうかと考えている。

三分。

そのとき、どこかから大きな声が聞こえる。

「待って」マーラが屋上を横切って近づいてくる。

マーラはぼくのほうへ、ぼく一人がいるところに近づいてくる。タイラーは消えているからだ。ふっ。タイラーはぼくの幻覚で、マーラのじゃない。手品みたいに一瞬でタイラーは消えた。いまのぼくは、一人で自分の口に銃を突っこんだ男だ。

「尾けてきたの」マーラが大声を張り上げる。「互助グループのみんなで。そんなもの必要ない。銃を下ろして」

マーラに続き、結腸ガン、住脳寄生虫、黒色腫、結核の患者が歩き、足を引きずり、あるいは車椅子を操って近づいてくる。

口々に言っている。「待ちなさい」

彼らの声が冷たい風に乗って届く。「やめなさい」

「私たちが力になる」

「力にならせて」

空のかなたから、警察のヘリコプターのばしっぱしっぱしっぱしっという音が聞こえる。

ぼくは叫ぶ。来るな。このビルから離れろ。もうじき爆発するんだ。

マーラが叫ぶ。「知ってる」

その瞬間、ぼくの頭に真実が閃く。

自分を殺そうとしてるんじゃない、とぼくは叫ぶ。ぼくはタイラーを殺そうとしてるんだ。

ぼくはジョーのハードディスクです。

ぼくはすべてを記憶している。

「愛とかそういうのとは違うのよ」マーラが声を張り上げる。「だけど、あたしもあんたが好きみたいなの」

一分。

きみはタイラーが好きなんだ。

「違う、あんたが好きなの」マーラが叫ぶ。「二人の区別はついてるわ」

ところが何も。

何も爆発しない。

ぼくは舌で銃身を生き残った頬によけて言う。タイラー、さてはニトロとパラフィンを混ぜたな。

パラフィンがうまくいったためしはないよ。

やるしかない。

警察のヘリコプター。

ぼくは引鉄にかけた指に力を込める。

30

ぼくの親父の家は、たくさんの大邸宅からできている。

引鉄を引いた瞬間、言うまでもなく、ぼくは死んだ。

嘘つき。

同時にタイラーも死んだ。

警察のヘリコプターが轟音とともに迫ってきていたから、マーラや自分のことさえ救えない互助グループの面々がそろってぼくを救おうとしていたから、ぼくは引鉄を引くしかなかった。

現実よりもこっちのほうがましだった。

そして、ただ一度の完璧な瞬間は永遠には続かない。

天国ではすべて白地に白だ。

詐病。

天国ではすべて音のしないゴム底の靴だ。

天国では、ぼくは眠れる。

人々は天国のぼくに手紙をよこし、ぼくは忘れられていないと言う。ぼくは彼らの英雄だと言う。ぼくはきっとよくなると言う。

ここにいる天使は旧約聖書タイプの天使だ。多数の小部隊にそれぞれ部隊長がいて、シフト制で勤務する天使軍だ。朝番、昼番、夜番。彼らは食事をトレーに載せて運んでくる。小型紙コップに入った薬つきだ。『人形の谷』の小道具。

ぼくは背後の壁面に免状をずらりと従えた神とウォルナット材の大きなデスクをはさんで会う。神は尋ねる。「なぜ？」

なぜあれだけの悲劇を引き起こしたのか。

人はすべて、二つとない特別さを特別に凝縮して作られた、神聖で二つと同じ形のない雪片だと気づかなかったのか。

人はすべて、愛が姿を持った存在だとわからないのか。

ぼくは用箋にメモを取るデスクの向こうの神を見つめる。神は根底から誤解している。

ぼくらは特別の存在じゃない。

かといってくずでもごみでもない。

ぼくらはぼくらだ。

人は人にすぎず、出来事は出来事にすぎない。

するとは神は言う。「いや、それは違うな」

ふうん。そうか。いいよ、違うってことでも。神に何か教えるなんて無理な話だろうし。

神は何を覚えているかと訊く。

ぼくはすべてを記憶している。

タイラーの銃が発射した弾丸はぼくの反対側の頬を引きちぎり、耳から耳まで届くぎざぎざの笑みをぼくの顔に貼りつけた。ほら、ハロウィーンの怖い顔をしたカボチャそっくりの。日本の般若の面そっくりの。大欲の竜そっくりの。

マーラはまだ地上にいて、手紙をよこす。彼らはいつかぼくを取り返すだろうとマーラは言う。

もし天国に電話があったら、ぼくは天国からマーラに電話をかけ、マーラが「もしもし」と出た瞬間、ぼくは切らないだろう。ぼくはこう言うだろう。「やあ、どうしてる？　どんなに小さなことでも全部話してくれないか」

それでも、地上に帰りたくはない。いまのところはまだ。

なぜかと言えば。

なぜかと言えば、ときおり、昼食のトレーと薬を運んでくる誰かの目の回りに青痣ができていたり、腫れた額に縫合痕があったりして、こんなことを言うからだ。

「みんな淋しがっていますよ、ミスター・ダーデン」

あるいは鼻骨の折れた誰かがモップを押して通り過ぎざまにこうささやくからだ。

「すべて計画通り進行しています」

あるいは、

「文明を解体して、よりよい世界に造り替えます」

あるいは、

「あなたの復帰を心待ちにしています」

著者あとがき

男が身を乗り出す。男の息は、ラッパ飲みしたウィスキーの匂いをさせている。口が完全に閉じている瞬間はない。青い目はいつも半開き止まりだ。ぐるぐる巻いたロープを片手に持っている。よくある麻素材のロープで、男の髪と同じ薄黄色をしていた。男のカウボーイハットと同じ黄色。カウボーイっぽいロープ、それを男はぼくの鼻先で振りながら話す。男の背後には戸口があって、その奥の階段は暗闇へと下りている。

男は若くて腹は平らだ。白いTシャツを着て、踵の高い茶色のカウボーイブーツを履いている。麦わらのカウボーイハットの下の髪は黄みがかった金色。ブルージーンズに大きなメタルバックルがついたベルト。痩せた白い腕は、カウボーイブーツのつるりとなめされた尖った爪先と同じようにつるりとして日に焼けている。

毛細血管の森みたいな白目をした男は、ロープの片端を握れと差し出す。しっかり握っておけよ。そしてロープを引っ張りながら階段を下り始める。ごん。ごん。カウボーイの踵が木の板を踏むノックみたいな音が地下室の闇に呑まれていく。闇に漂う匂い、ぼくを引っ張って下りていく男の息は、ウィスキーの匂い、病院の消毒綿と同じ匂い、注射針がぷすりと刺さる直前のひんやりした感触と同じ匂いをさせている。

また一段、暗闇に下りたカウボーイは言う。「ホーンテッド・トンネル・ツアー規則第一条、ホーンテッド・トンネル・ツアーについて口にしてはならない」

その瞬間、ぼくは立ち止まる。ぼくらをつなぐロープは、あいかわらず緩んだ笑みを描いている。

「ホーンテッド・トンネル・ツアー規則第二条」カウボーイは、ウィスキーの息は言う。「ホーンテッド・トンネル・ツアーについて口にしてはならない」

ロープは、編んだ繊維の感触は、ぎりぎりとねじれ、脂で磨かれてつるりとしている。

ぼくは立ち止まり、ロープを引き留めたまま言う。「それは……」

暗闇の奥からカウボーイが言う。「何だ？」

ぼくは言う。その本を書いたのはぼくだ。

ぼくらをつなぐロープはますますぴんと張り、張って、張る。

まもなくロープがカウボーイを引き留める。暗闇の奥から、彼の声が言う。「書いたって、何を？」

『ファイト・クラブ』だよ、とぼくは言う。

するとカウボーイは一段上に戻ってくる。木の板を踏むノックの音がさっきよりも近い。カウボーイは帽子のつばを軽く押し上げ、目をぼくの鼻先に突きつけるようにしてまじまじと見る。せわしない瞬き。息はビール割りのウィスキー並みに強烈だ。飲酒検査器が喜びそうに強烈だ。

「本？　本があったのか？」

そうさ、本があったんだ。

映画になる前に。

ヴァージニア州の4Hクラブ（農務省を母体とする青少年育成事業）がファイト・クラブを催していたとして家宅捜索を受けたりする前に……

ドナテラ・ヴェルサーチがメンズウェアに剃刀の刃を縫い付けて〝ファイト・クラブ・ルック〟と命名したり……グッチのショーで、目の周りや頬に青痣を作り、血まみれで包帯をぐるぐる巻きにした上半身裸のモデルたちがランウェイを闊歩したり、ドルチェ&ガッバーナのようなブランドがミラノの薄汚れたコンクリート打ちっ放しの地下室でショーを開き、光沢のある生地に壁画のようなプリントを施した一九七〇年代風シャツや、タイトなシルエットの革のローライズ・パンツといった新しいメンズルックを提案したり……

大勢の若者が苛性ソーダや瞬間接着剤を使って手の甲にキスの痕をつけたり……

世界中の若者が氏名を〝ダイラー・ダーデン〟に正式変更する手続きを取ったり……
ニューメタルバンド、リンプ・ビズキットが公式サイトに〈健やかな明日にリンプ・ビズケット――ドクター・タイラー・ダーデン推奨〉というバナーを掲げたり……
光沢なしの白無地のラベルを買いにオフィス・デポに行くと、エイヴリィ・デニソンの商品番号8293のパッケージの使用例に〈タイラー・ダーデン　デラウェア州ウィルミントン　ペーパー・ストリート四二〇番地〉と印刷されていたり……
ブラジルのナイトクラブで、文字どおり死ぬまで殴り合うファイトが繰り返し行なわれたり……
新保守主義の週刊誌『ウィークリー・スタンダード』が〈危機に直面する男性性〉と題した記事を掲載したり……
スーザン・ファルディの ***Stiffed : The Betrayal of the American Man***（幻滅：アメリカの男の裏切り）がベストセラーになったり……
ブリガム・ヤング大学の学生が、モルモン教の教えのなかに〈ファイト・クラブ・プロボ支部〉の活動を禁じる根拠は一つもないとして、毎週月曜の夜に殴り合いをする自由を訴えたり……
モルモン教会を会場としてファイト・クラブを運営していたユタ州知事マイク・レヴィットの息子が治安妨害と不法侵入の容疑で起訴されたり……

風刺新聞『ジ・オニオン』が〈キルト・ソサエティの全貌〉と題するスクープ記事を掲載し、老齢の婦人たちが〝何でもありの手縫い活動〟を求めて教会の地下室で集会を開いていて、キルト・ソサエティ規則第一条は〝キルト製作について口にしてはならない〟であると書いたり……

コメディバラエティ番組『サタデー・ナイト・ライブ』が〈ファイト・ライク・ア・ガール・クラブ（女の子パンチ限定ファイト・クラブ）〉というコーナーを放映したり……

雑誌や新聞から電話がかかってきて、潜入ルポを掲載したい、ついてはどこそこの街で典型的なファイト・クラブを紹介してもらえないかと言い、クラブに関して守るべき秘密は死守すると請け合ったり……

雑誌や新聞から電話がかかってきて、ファイト・クラブはフィクションです、ぼくの想像の産物にすぎませんと答えたぼくが罵詈雑言を浴びる羽目になったり……

全国紙掲載の政治風刺漫画が〈ファイト・クラブ連邦議会支部〉を描いたり……

ペンシルベニア大学主催の学会で、大勢の学者がフロイトにソフト・スカルプチャー、創作ダンスまで動員して『ファイト・クラブ』の分析を試みたり……

〈ファック・クラブ〉というポルノサイトが無数に立ち上がったり……

〈バイト・クラブ（biteはかじる・食べるという意味）〉と題した飲食店レビュー記事が無数に書かれたり……

ランブル・ボーイズＩｎｃがヘアムースやジェルなどの男性向け化粧品のラベルにタイ

ラー・ダーデンの名言を載せるようになったり……

空港を歩いていると〝タイラー・ダーデン様……タイラー・ダーデン様、いらっしゃいましたら、お近くの案内電話からご連絡ください〟という嘘っぱちの呼び出しアナウンスが聞こえてきたり……

ロサンゼルスの街中で〈タイラー・ダーデンは死せず〉と主張するグラフィティを見かけたり……

テキサス州の住民が〈マーラ・シンガーを救え〉とプリントされたTシャツをこぞって着たり……

『ファイト・クラブ』の舞台版が無許可で何種類も上演されたり……

ぼくの家の冷蔵庫の扉が、見知らぬ人から送られてきた写真、満足げに笑う痣だらけの顔や裏庭に作ったボクシングリングで取っ組み合う人たちの写真だらけになったり……

本が数十カ国語に翻訳されて、*Club de Combate* や *De Vechtclub* や *Borilacki Klub* や *Klub Golih Pesti* や *Kovos Klubas* になったりする前……

そういったすべてが起きるより前に……

一本の短編があった。それはのろのろとしか進まない勤務時間をやり過ごすための実験だった。登場人物が一つのシーンから次へと直線的に進んでいくのではなく、カット、カット、カット、カメラが切り替わるように物語を進行させる方法があるはずだと思った。

ジャンプの連続。一つの場面から次へ。読者を迷子にさせることなく、物語のあらゆる側面を提示する方法が何かあるはずだ。ただし、ある側面の核心、エッセンスとなる瞬間だけをちら見せしたら、潔く次に移る。そしてまた次へ。その繰り返し。

それには物語の進行を助けるもの、古代ギリシャ劇の合唱隊《コロス》のようなものも何らか必要だろう。読者の興味を引きつける華々しさはないが、物語の別の視点や側面にジャンプする合図として働くもの。迷子になりそうな不安を読者に抱かせないよう、道標やフンドマークの役割を果たすべく用意された、さりげない緩衝装置。あっさり味のソルベ、高級レストランのディナーで料理と料理のあいだに出される口直し。ラジオ番組で別の話題に移る前、新たなジャンプをする前に一曲流すような、ある種のシグナル。

さまざまな瞬間やディテールが織りなすモザイクがばらばらにならないようにするための接着剤やモルタル。すべてをまとめる連続性を与えながら、考えなしにただ並べるのではなく、一つひとつがきちんと際立つような展示法。

映画『市民ケーン』を思い出してくれ。顔も名もないニュース映画の記者たちが、大勢の人物の証言を通して語られる物語の骨組みの役割を果たしている。

やってみたかったのはそれだ。ある出勤日の退屈な午後に試みたのはそれだ。

というわけで、コロス（〝狂言回し〟）としていくつかのルールを書いた。ファイト・クラブというアイデアそのものはさして重要ではなかった。どんなクラブだってかまわなかった。しかしルールには、何かそれを適用する対象がなくてはならない。というわけで——〝誰かを喧嘩に誘えるクラブ〟はどうだろう？　ディスコで誰かをダンスに誘うみたいに。ビリヤードやダーツの勝負を挑むみたいに。ファイトそのものは物語の核心ではなかった。それよりどうしても必要だったのは、ルールだ。そのクラブを、過去から、現在から、間近から、あるいは離れた場所から描写し、起源と進化を説明するためのさりげないランドマークだ。数え切れないほどのディテールや瞬間を——たった七ページに——ぎゅっと詰めこみながらも、読者を決して迷子にさせないための道標。

そのころ、ぼくの目の周りできた痣がなかなか消えずにいた。夏の休暇中に殴り合いの喧嘩をした名残だった。勤務先の同僚からは一度もその痣は何なんだとは訊かれなかった。勤務時間外にどんな怪しげなことをしてようと、傷が生々しすぎると周囲はかえってそれについて触れることができないものらしい。

同じころ、ビル・モイヤーの番組を眺めていたら、ストリートギャングとは、父親のいない家庭で育った若者たちが互いに助け合いながらおとなの男になろうとしている集団だと言っていた。メンバーに命令や課題を与える。規則や規律を課す。結果を出せば報いる。軍隊の新兵訓練係の軍曹と同じだ。

さらに同じころ、書店では『ジョイ・ラック・クラブ』『ヤァヤァ・シスターズの聖なる秘密』『キルトに綴る愛』といった本が売れていた。どれも力を合わせる女性たちを描いて一つの社会的モデルを提示した小説だ。集まって打ち明け話をする。人生経験を分かち合う。しかし、男同士が人生経験を共有する新しい社会的モデルを提示している小説は一つも見当たらなかった。

もし書くなら、ゲーム——課題と言い換えてもいい——の構造と役割とルールを男たちに与えつつ、感傷的すぎないものでなくてはならない。集まって力を合わせる新しい方法の見本とならなくてはならない。べつに、隣近所が集まって手伝う〝納屋の棟上げクラブ〟でもかまわないし、〝ゴルフ・クラブ〟でもかまわなかった。いや、かまわないどころか、そのほうが本は売れただろう。あまり過激でないもののほうが受けはいい。

しかしその時間が過ぎるのがのろすぎた午後、ぼくは『ファイト・クラブ』と題した七ページの短編を書いた。何か書いて金をもらったのはそれが初めてだった。ブルー・ヘロン・プレス社が五〇ドルで原稿を買ってくれ、*Pursuit of Happiness*（幸福の追求）という短編集に収録された。ところが発行人のデニス・ストーヴァルとリニー・ストーヴァルは、初版の背表紙のタイトルのスペルを間違ったまま印刷してしまい、刷り直しのコストがのしかかってその小さな出版社は潰れた。短編集はその後すべて完売している。正しく印刷された分も、スペルを間違えた分も、すべて。買い手の大部分は、のちに長編『ファイト・クラブ』の第六章に生まれ変わった短編のオリジナルを探した人たちだった。

たった七ページの長さだったのは、創作の恩師トム・スパンバウアーが、七ページというのは短編の長さとして理想的だと冗談交じりに言ったことがあったからだ。

短編を長編に膨らませるにあたって、友人たちから聞いた話を残らず盛りこんだ。パーティに行くたびにネタは増えた。マイクは家族向け映画にポルノのコマを継ぎ接ぎし、ジェフは宴会係をしていたときスープに小便を垂れていた。友人の一人から、そういうことを書くと真似をする読者が出てくるぞと指摘されたこともあるが、ぼくは、おれたちなんかオレゴン州在住の公立校出のブルーカラーの凡人だぜ、と言った。おれたちが考えつく程度のこと、ほかの何万人って連中がもうやり尽くしてるさ。

それから何年もたってロンドンで書店のサイン会に出席したとき、一人の若者に小声で話しかけられた。彼はロンドンにたった二軒の五つ星レストランの一つのウェイターで、ぼくの本のなかでウェイターが料理に細工をする場面がたいそう気に入っていると言う。彼も同僚たちも、本を読むずっと以前から、セレブリティの料理にいろんなものを混ぜていた。

たとえば誰のに、とぼくが訊くと、若者は黙って首を振った。具体名を挙げるのはちょっとまずい。

だったらサインはしないよと言うと、若者はぼくをすぐそばに招き寄せて小声で言った。

「マーガレット・サッチャー。ぼくの精液を飲んだ」

それから片方の手を持ち上げ、指を広げて付け加えた。

「少なくとも五回……」

ぼくがフィクションを書くきっかけになったワークショップでは、公共の場で自分の作品を朗読する課題があった。場所はたいがい、どこかのバーかカフェだった。エスプレッソマシンの轟音と競わなくてはならない。フットボールのテレビ中継もある。音楽や酔っ払った客の話し声もある。そういった騒音や邪魔があっても聴いてもらえるのは、ショッキングで、バイオレントで、ダークで、おもしろおかしい話だけだ。ぼくらのお試し聴衆は、〝納屋の棟上げクラブ〟の話をおとなしく聴いてくれたりはしない。

実のところ、ぼくが書いていたのは『華麗なるギャッツビー』を少しだけ現代風にしたものに過ぎない。生き残った使徒が彼のヒーローの生き様を伝える〝使徒伝承〟のフィクションだ。二人の男と一人の女がいた。そして男の一人であるヒーローは、銃で撃たれて死ぬ。

語り古された典型的なロマンス小説。そこに、エスプレッソマシンやESPNチャンネルと競えるよう現代風のアレンジを加えただけだ。

最初の草稿を書き上げるのに三カ月。W・Wノートン社が買ってくれるまでに三日。このときの前払い金は恥ずかしくなるくらい少なくて、これまで誰にも額を打ち明けたことがない。本当に誰にも話していなかった。六〇〇〇ドルだ。いまのぼくは知っているが、作家のあいだでは〝さよならマネー〟と呼ばれるような額。侮辱だと感じた作家のほうから断らせるために提示する額だ。作家から断られたのなら、出版社もその本をぜひ出版したいと言った編集者の機嫌を損ねずにすむ。

とはいえ、六〇〇〇ドルはやはり大金だ。一年分の家賃がまかなえる。ぼくはそのオファーをありがたく受け入れた。というわけで、一九九六年八月にハードカバー版が出版された。シアトル、ポートランド、サンフランシスコの三都市をめぐるブックツアーに出たものの、どの朗読会にも来てくれたのはせいぜい三人だった。本の売り上げは、ぼくがホテルの部屋のミニバーで飲んだ分さえカバーできなかった。

ある書評家は『ファイト・クラブ』をSFと呼んだ。別の書評家は、ロバート・ブライの『アイアン・ジョンの魂《こころ》』とそれに続くミソポエティック男性運動に対する風刺と呼んだ。ホラーと呼ぶ人もいた。ロマンスと呼んだ人はどこにもいなかった。

バークレーでは、あるラジオ番組のインタビュアーからこう訊かれた。「この本の著者として、現代のアメリカ人女性の置かれた状況をどうお考えでしょう？」

ロサンゼルスでは、ナショナル・パブリック・ラジオの番組のなかである大学教授が、この本は駄作だ、なぜならレイシズムの問題に触れていないからだと言った。

オレゴン州ポートランドに帰る飛行機のなかでは、あるフライトアテンダントがぼくのほうに身をかがめて本当のことを話してくれませんかと言った。この本の主眼はファイトではないというのが彼の持論だった。彼によれば、公共のスチームバス施設で互いのファックの様子を見せ合うゲイの男たちの物語らしい。

ぼくはそのフライトアテンダントに言った。いいよ、そういうことにしておこう。そのあとはどれだけ飲み物を頼んでも無料だった。

酷評する書評家もいた。〝ダークすぎる〟。〝バイオレントすぎる〟。〝うるさすぎ、やかましすぎ、押しつけがましすぎる〟。彼らには〝納屋の棟上げクラブ〟のほうが受けたかもしれない。

それでも、一九九七年度の太平洋岸北西部ブックセラー賞や一九九七年度オレゴン・ブック・アワードを受賞した。翌年、ローワー・マンハッタンのKGB文学バーで、ある女性から声をかけられた。その人はオレゴン・ブック・アワードの審査員長で、『ファイト・クラブ』が受賞したのは彼女が決死の覚悟でほかの審査員との説得ファイトに挑んだ結果だという。ありがたいことだ。

さらにその一年後、同じKGBバーで、別の女性から声をかけられた。映画『ファイト・クラブ』に登場するペンギンのCGデザインを依頼されたという人だった。

そして、ブラッド・ピットとエドワード・ノートンとヘレナ・ボナム・カーターの映画ができた。

それ以来、何千通もの手紙をもらった。ほとんどは〝ありがとう〟の手紙だった。息子が、夫が、担当する学生が、また本を読むきっかけになった、ありがとうとか、そういう手紙だ。少し怒った調子で、ファイト・クラブを考案したのは自分だと書いてきた人たちもいる。軍のブートキャンプや大恐慌時代の労働キャンプで自分が始めたものだという。酒を飲んで、こう言い合うらしい。〃おれを殴れ。力いっぱい殴ってくれ……〃

ファイト・クラブは昔からあった。ファイト・クラブはこれからもあり続けるだろう。

ウェイターはこれからもスープに小便を垂れるだろう。人はこれからも誰かを愛するだろう。

あれから七冊の本を書いた。それでも世の男たちはやはり、自分の街のどこを探せばファイト・クラブがあるかと訊く。

女たちはやはり、自分たちがファイトできるクラブはないかと訊く。

しかし、ファイト・クラブの第一のルールはこうだ。〃オレゴン州在住の公立校出のブルーカラーの凡人が考えつく程度のこと、ほかの何万人って連中がもうやり尽くしている……〃

ボリビアの山岳地、『ファイト・クラブ』がまだ出版されていない地域の一つ、酔いどれカウボーイとご自慢のホーンテッド・トンネル・ツアーから数千キロの彼方、アンデス高地の貧しい村々には、毎年恒例の〃ティンク〃という祭がある。

その祭では、農民《カンペシーノ》の男たちが殴り合いをする。酔っ払い、血まみれになりながら、拳で殴り合い、呪文のようにこう繰り返す。〃おれたちは男だ。おれたちは男だ。おれたちは……〟

男が男と闘う。ときには女同士が闘うこともある。彼らは何世紀も昔からそうやって闘ってきた。金銭的に貧しかろうと、ほんのわずかな持ち物しかなかろうと、教育や機会に恵まれなかろうと、誰もが前年の祭が終わった日からずっと楽しみにしてきた祭だ。

殴り合って疲れ果てた男女は、教会へ行く。

そして結婚する。

疲れるのと豊かなのとは違う。それでも多くの場合、その二つは見分けがつかないほどそっくりだ。

自分の人生を取り戻せ――『ファイト・クラブ』解説

アメリカ文学研究者・翻訳家
都甲幸治

最近、君は自分が生きていると心から感じているか。『ファイト・クラブ』でパラニュークが僕たちに突き付けるのはこの問いである。周りの人たちの言うことを聞いて育ち、どうにかありついた仕事に就き、ようやく稼いだ金で物を買う。こうした日々の連続の中で、そもそも自分が何をしたかったのか、何が欲しかったのか、何をしているときが楽しいのか、そして誰を愛しているのかまでがぼんやりとしてくる。そんなとき僕らは、いったい誰の人生を生きているのだろうか。

パラニュークは言う。「我々は良い人間になるように育てられてきました。だからこそ、僕らの子ども時代のほとんどは周囲の期待に応えることばかりに費やされてしまいます。両親や教師やコーチの期待に応え、そして上司の期待に応える。こうして我々はどうして生きていくかを知るために、自分の外側ばかり見ているんです」(DVD Journal インタビュー）。そんな人の顔色を見るだけの生活が楽しいわけはない。

ルールを自分で作ること。そして自分の人生の主役になること。確かに第一歩は恐いだろう。でもそれを踏み出したとき、君は今まで感じたことのない喜びの中で生きることができる。パラニュークは続けて語る。「人生のある一点を過ぎて、ルールに従うんじゃなく、自分でルールを作れるようになったとき、そしてまた、他のみんなの期待に応えるんじゃなく、自分がどうなりたいかを自分で決めるようになれれば、すごく楽しくなるはずです」（同前）。恐怖を乗り越えて、自分の頭で考え始め、他人に奪われていた人生を自分の手の中に取り戻す。『ファイト・クラブ』は君に、そうしたきっかけを与えるために書かれている。

一九九六年に『ファイト・クラブ』が出版されてから、ほぼ二十年の時が過ぎた。本書のイメージを決定的に決めたのは、ブラッド・ピットとエドワード・ノートン主演の映画版（一九九九年）である。引き締まった身体を素手で殴りあう美しい男たちや、崩れ去るビル群は観客に強烈な印象を与えた。その後に発売されたDVD版が世界で大ヒットして、『ファイト・クラブ』はあっと言う間にカルト的な人気作品となる。

けれども、そのせいで大きな誤解も生じた。『ファイト・クラブ』で重要なのは、暴力でも派手なスペクタクルでもない。そしてまた、『ファイト・クラブ』はただの、人気映画の原作でもない。『ファイト・クラブ』とは、生きることの意味とは何か、人生で大切なものとは何かを正面から考える、ひたすら優れているだけの、アメリカ文学の新しい古典だ。二十年の時を経て、今なお、いやむしろ、書かれた当時よりも新鮮に読めるということそのものが、『ファイト・クラブ』という作品の力を証明している。

僕がパラニュークの作家としての実力を思い知ったのは数年前、偶然彼の「付き添い」という短篇を手にしたときだ。『フィクションより奇なり——本当の物語たち』（未訳）に収録された、わずか五ページのこの作品でパラニュークは、HIVや癌を患った貧しい末期患者たちの暮らすホスピスについて語る。二五歳の主人公は、ひょんなことからホスピスでボランティアを始める。医師や看護師の資格を持たない彼は、互助グループに参加したり数少ない外出をしたりする患者を、車で送り迎えする付き添いの仕事をするしかない。

極端な貧困地区にあるこのホスピスは、医療保険のない若者も受け入れる。ゲイだろうがストレートだろうが、苦しんでいる者すべてに手をさしのべるのだ。「少なくとも患者の半分はエイズだったが、このホスピスは差別しなかった。誰でもここに来て、どんな理由でも死ねたのだ」。主人公は患者たちを海に連れて行き、まだ人生の時間が残っている間に、山の上から世界を眺めさせる。付き添いでやってきた患者の母親が、自分の息子について、すでに過去形で話す言葉に耳を傾ける。

彼は思う。「今や自分が抱えている問題なんて大したことないように思えてきた。自分の手足を見るだけで、自分が驚くほど重いものを持ち上げられるというだけで、職場でトラックが立てる轟音に負けないように叫び声を上げられるというだけで、自分の人生が何かの間違いなんかじゃなくて、奇跡のように思えた」。だがやがて、親しくなった患者の死に直面し続けるうちに、彼はボランティアを続けられなくなる。しかしそれでも、患者の母たちから送られてきたアフガン織りの毛布はどうしても捨てられない。

パラニュークの実体験に基づいた「付き添い」のトーンは静かだ。レイモンド・カーヴァーなどのミニマリズム作品に学んだ彼の文章は簡潔で、時に患者との外出を「デート」と呼ぶなど、ちょっとしたユーモアに満ちている。けれどもだからこそ、主人公の悲しみが読者の心の底まで沁みる。社会からクズ扱いされている人々の命に向けるパラニュークの視線の優しさを見れば、彼が本物の作家であることがわかる。そこにはいわゆるパラニュークらしいとされている、派手でどぎつい表現などまるでない。

「付き添い」はパラニュークの実体験に基づいている。一九六二年、ウクライナ系の家族に生れた彼は、ワシントン州バーバンクのトレーラーハウスで育った。オレゴン大学でジャーナリズムを専攻するも、卒業後は主に、大型トラックの製造で知られるフレイトライナーで自動車工やマニュアルの執筆係として働いていた。「付き添い」で彼が描いたようなボランティアをしたのは、ちょうどその頃である。

パラニュークは語る。「以前ホスピスでボランティアとして働いていました。でも看護も料理もなにもできなかったから、付き添いと呼ばれる役目につきました。僕は患者たちを毎晩互助グループに連れて行き、会が終ると彼らを連れて帰れるように、隅で坐ってなきゃならないんです。何グループも坐って見ていると、こんな健康なやつがわきで坐って見てるってことに、本当に罪の意識を感じ始めました。これじゃまるで観光客ですよ。だから僕はこう考え始めたんです。もし誰かが病気のふりをしているだけだったら、って。他の患者たちが与えてくれる親密さや正直さがほしい、それから、感情をぶちまけてすっきりしたい、って理由でね。こんなふうにして『ファイト・クラブ』のアイディアが生れてきたんです」（DVD Talk インタビュー）。

死を前にしたとき、日頃社会で大切だと思われていることとの多くは価値を失う。金があっても、物があっても、地位も名声も、もはや何の意味もない。逆に、人との嘘のない繋がりや温かみ、あるいはちょっとした思いやりが、いつもより大きな意味を持って迫ってくる。パラニュークの魅力とはこうした、社会から一歩距離を取って物事を捉え直す視線だろう。そしてまた、不要な物に囲まれ、孤独に苛まれている僕らの感情を的確に摑んで、それを剝き出しに表現する勇気だろう。パラニューク自身ゲイであり、フレイトライナー時代から二十年以上連れ添った男性と住んでいることを公言している。貧しく、社会の片隅に追いやられた人々への共感が彼の文学の根底にはあるのだ。

『ファイト・クラブ』を書くにあたって、既成の文学は彼の役には立たなかった。だから自分や周囲の仲間たちが体験したことのあるエピソードを集め、友人たちから聞いた話を作品に折り込んでいった。「何かを読もうとしても、いつも失望していました。図書館に行き、本棚から五十冊の本を引き抜いても、読みたい本は一冊もありません。だから、もっとましなやり方があるんじゃないかな、と思いました。周りのみんなから本当に面白い話を聞いて、いつも笑っていたんです。みんな素晴らしく楽しい話を知っていました。だからそうした話を無駄にして、宙に消えるにまかせるんじゃなくて、集めてみたらどうだろうと思ったんです」(Beatrice インタビュー)。

自分が日々の生活で感じている怒りや不満、孤独を表現してくれる本なんてない。だから自分で書こう、というパラニュークの決断は僕には、とても正しいものに思える。なんでも、『ファイト・クラブ』の八〇パーセントまではこうして集めた話だという。だがそれは、パラニュークが他の文学作品を知らなかったことを意味しない。彼は古典ではフィッツジェラルドやポーに影響を受けたし、現代作家で好きなのはジュノ・ディアスやデニス・ジョンソン、トム・ジョーンズで、エイミー・ヘンペルには深い敬意を抱いている。こうした文学的な素養に現実の人々の声をぶつけることで、『ファイト・クラブ』という画期的な作品は生れた。

『ファイト・クラブ』の主人公は人生に飽き飽きしている。仕事に恵まれ、おしゃれなマンションで独身生活を楽しんでいるものの、こんな生活を自分で望んでいたのかどうかさえわからない。やがて彼は極度の不眠に陥る。医者に行っても、どんなに薬を飲んでも、まったく症状は改善しない。そこで彼が見つけたのが難病患者の互助グループだった。自分も患者だと嘘をついた彼は、参加者と苦しみを分かち合い、感情を吐き出し、抱き合って泣く。互助グループに参加した日だけは彼は安らかに眠れた。しかし同じく患者を騙る女性マーラが出現したおかげで、彼はこの喜びを奪われてしまう。

だが主人公はタイラーとの偶然の出会いを通じて、誰にもじゃまされない、自分たちだけの互助グループを作ることになる。それがファイト・クラブだ。男たちは素手でひたすら殴り合い、傷つき、自己を破壊し、時には死に近付くことで強烈な生の感覚を味わう。「ファイト・クラブを知ったあとでは、テレビのフットボール中継など、最高のセックスを楽しめばいいのにわざわざポルノ映画を鑑賞するみたいなものだ」（68頁）。この喜びを知った主人公はやがて、現実社会のルールを無視し始める。彼にとっては仕事も、家も、何もかもが無価値な、過去の遺物でしかない。

けれども、彼の自由の感覚はそう長くは続かなかった。ファイト・クラブは初め、タイラーと主人公二人だけの探求の場所だった。しかしだんだんと会員が増え続け、クラブはその性格を変えていく。肥満治療で除去された人間の脂肪が材料の石鹸を財源として、ファイト・クラブはタイラーを頂点とする巨大組織にまで膨れ上がる。現在の世の中を破壊し尽くすことでしか良い世の中はやってこない、というタイラーの思想から、誰の自由をも奪うカルト的な組織が生まれてしまう。しかも主人公とタイラーとはある思わぬ理由で、強く結びついていた。果たして主人公はファイト・クラブの呪縛から逃れることができるのだろうか。

主人公が生きているのは、金が優先の堕落した世の中だ。彼は自動車事故の調査員で、全米を飛行機で飛び回り、自社の車の欠陥を探している。もし欠陥が見つかっても、リコールはすぐには行われない。リコールの費用より死者たちの遺族に払う慰謝料が安ければ、会社は欠陥を握りつぶす。リコールを実施するのは、そうしたほうが安上がりな場合だけだ。あるのは経済の法則だけで、死んだ者たちへの尊敬も倫理も何もない。

これも仕事だと割り切って手に入れた金で、主人公はきれいな家に住む。それでも心は空虚なままだ。彼は思う。「北欧家具からぼくを救い出してくれ。気の利いたアートからぼくを救い出してくれ」（61頁）。だからこそ、おそらくタイラーが主人公のマンションを爆破したとき、彼はとてつもない解放感を感じる。今までは、十分な量の金を稼ぎ、世間で価値が高いと言われている物を手に入れることが成功だと彼は教えられてきた。けれどもそれは、欲しくもない物に、逆に所有されていただけだ。こうして主人公は、物への崇拝から離脱する。

けれども主人公の心には落とし穴があった。社会の価値観の外には出たものの、誰かに従いたいという気持ちを彼は克服できない。だから鋭い英知に満ちたタイラーと住み始め、彼の言葉に従いながら、ファイト・クラブの拡大に加わる。やがて変質したファイト・クラブが会員の自由を奪うことに主人公が気づいてももう遅い。もはや主人公にも、ひょっとしたらタイラー本人にも止められないほどの速度で組織は暴走するだけだ。

パラニュークは本書でどうして暴力や混乱を描いたのか。彼は言う。「無秩序で破滅的なものを前にしても、我々は恐れず、むしろ受け入れなければなりません。こうしたものを通じてしか我々は救われないし、変われないのです」（DVD Talk インタビュー）。既成のルールで縛られた都市から荒野に出て行き、身につけた知識を総動員して、体や頭を動かして生きてみる。そうやって、すべて人任せでやってきた自分の人生の主人公になる。こうした考え方は、僕にはとてもアメリカ的なものに思える。かつて十九世紀にソローは大自然の中、たった独りで二年間を自給自足で過ごし、その結果を『森の生活』（一八五四年）にまとめた。貧血した文明を克服したいという感情は、アメリカ文化の遺伝子に明確に書き込まれている。

僕が『ファイト・クラブ』で好きなのは、終夜営業の商店でバイトを終えた見ず知らずの青年を主人公が銃で脅すシーンだ。主人公は青年に銃口を突き付け、お前の夢は何かと訊ねる。本当は獣医になりたかった、と青年が答えると、主人公は言う。「学校へ行ってがむしゃらに勉強するか、あるいは死ぬか。レイモンド・ハッセルくん、自分で選ぶんだ」（220頁）。そしてもし今後、君が夢に向かってがんばっていないとわかれば確実に殺す、と宣言する。おそらくこのあと青年は長年の夢をかなえることだろう。

かつて哲学者の戸田山和久は、名著『論文の教室』（ＮＨＫ出版）で、この場面でのやりとりを「啓蒙」と呼んだ。そして僕も戸田山に完全に同意する。相手の可能性を信じ、それをはっきりと口に出す教師。今日が命の終る日だと思い、一秒毎に全力を尽くす学生。もちろん『ファイト・クラブ』では、この真に教育的な関係は滑稽なほど極端に誇張されている。だが、遅かれ早かれ死ぬことが確定している我々は、日々、神に銃口を突き付けられているのと同じではないか。自らが死すべき存在であることを知り、常に自らの無知を意識すること。『ファイト・クラブ』で語られる知恵と、ブッダやソクラテスの言葉は案外近い。

『ファイト・クラブ』が映画化されると、パラニュークは突然有名人となり、多くの人々が現代の導師と仰ぎ始めた。この状態を最も不本意に思っているのは当のパラニュークだろう。常に自分の頭で考えろ。社会にも、そして社会を批判する人々にも騙されるな。シンプルなメッセージと巧みな文章、そして奔放な想像力を併せ持つパラニュークはまさに、現代の巨匠である。

本書は、一九九九年十一月にハヤカワ文庫ＮＶより
刊行された『ファイト・クラブ』を改訳し、新たに
著者のあとがきを収録した〔新版〕です。

映画化原作　世界で一億部突破のベストセラー三部作、第一弾！

フィフティ・シェイズ・オブ・グレイ（上・中・下）

Fifty Shades of Grey

E L ジェイムズ

池田真紀子訳

女子大生のアナは若き実業家クリスチャン・グレイをインタビューすることになった。ハンサムで才気あふれるグレイにアナは圧倒され、同時に強く惹きつけられる。ふたりは急激に近づいていくが、彼にはある「ルール」があった……。解説／三浦天紗子

ハヤカワ文庫

ゴッドファーザー（上・下）

The Godfather

マリオ・プーヅォ
一ノ瀬直二 訳

〔**映画化原作**〕全米最強のマフィア組織を築いた伝説の男ヴィトー・コルレオーネ。人々は畏敬の念をこめて彼をゴッドファーザーと呼ぶ……アメリカを陰で支配する、血縁と信頼による絆で結ばれた巨大組織マフィア。独自の非合法社会に生きる者たちの姿を描き上げる、愛と血と暴力に彩られた叙事詩！　解説／松坂健

レッド・ドラゴン〈決定版〉（上・下）

Red Dragon

トマス・ハリス
小倉多加志訳

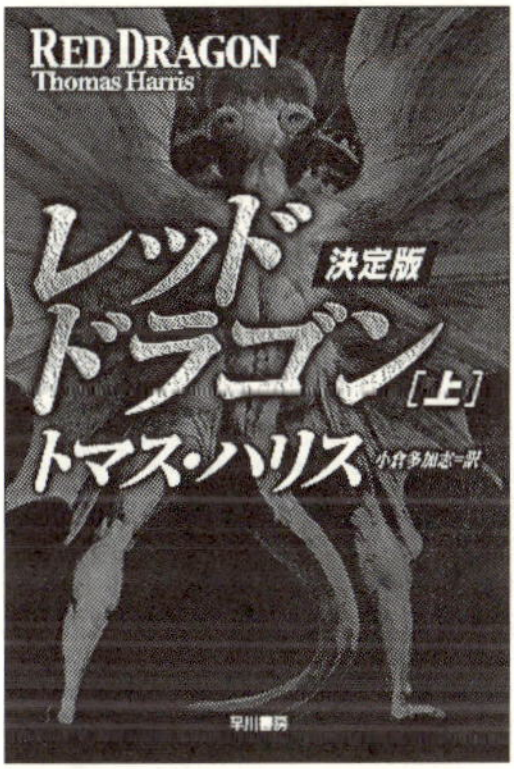

全米を震撼させた連続一家惨殺事件。捜査にあたる元FBIアカデミー教官のグレアムと残忍な殺人鬼との対決を描いたサイコ・サスペンスの傑作にして、稀代の悪役レクター博士初登場作。アンソニー・ホプキンス主演映画の原作に、新たに著者の序文を付した決定版。解説／滝本誠、オットー・ペンズラー、桐野夏生

ハヤカワ文庫

ティンカー、テイラー、ソルジャー、スパイ〔新訳版〕

Tinker,Tailor,Soldier,Spy

ジョン・ル・カレ
村上博基訳

英国情報部の中枢に潜むソ連のスパイを探せ。引退生活から呼び戻された元情報部員スマイリーは、かつての仇敵、ソ連情報部のカーラが操る裏切者を暴くべく調査を始める。二人の宿命の対決を描き、スパイ小説の頂点を極めた三部作の第一弾。著者の序文を新たに付す。映画化名『裏切りのサーカス』解説／池上冬樹

ハヤカワ文庫

古書店主

The Bookseller

マーク・プライヤー
澁谷正子訳

パリのセーヌ河岸で露天の古書店を営む年配の男マックスが悪漢に拉致された。アメリカ大使館の外交保安部長ヒューゴーは独自に調査を始め、マックスがナチ・ハンターだったことを知る。さらに別の古書店主たちにも次々と異変が起き、やがて驚くべき事実が浮かび上がる。有名な作品の古書を絡めて描く極上の小説

ハヤカワ文庫

サバイバー〔新版〕

Survivor

チャック・パラニューク
池田真紀子訳

上空で燃料が底をつき、エンジンが一基ずつ停止を始めた航空機のコクピット。ただ独り残ったハイジャック犯である僕は、ブラックボックスに自身の半生を物語る。カルト教団で過ごした過去。外の世界での奉仕活動。とある電話を通じて狂い始める日常。全てが最悪の方向へ転んでしまった人生を。傑作カルト小説！

ハヤカワ文庫

訳者略歴　上智大学法学部国際関係法学科卒，英米文学翻訳家　訳書『フィフティ・シェイズ・オブ・グレイ』ジェイムズ，『トレインスポッティング』ウェルシュ，『ララバイ』『サバイバー』パラニューク（以上早川書房刊）他多数

HM=Hayakawa Mystery
SF=Science Fiction
JA=Japanese Author
NV=Novel
NF=Nonfiction
FT=Fantasy

ファイト・クラブ
〔新版〕

〈NV1337〉

二〇一五年四月十五日　発行
二〇二四年三月十五日　八刷
（定価はカバーに表示してあります）

著者　チャック・パラニューク
訳者　池《いけ》田《だ》真《ま》紀《き》子《こ》
発行者　早川浩
発行所　株式会社　早川書房
郵便番号　一〇一 - 〇〇四六
東京都千代田区神田多町二ノ二
電話　〇三 - 三二五二 - 三一一一
振替　〇〇一六〇 - 三 - 四七七九九
https://www.hayakawa-online.co.jp

乱丁・落丁本は小社制作部宛お送り下さい。
送料小社負担にてお取りかえいたします。

印刷・中央精版印刷株式会社　製本・株式会社明光社
Printed and bound in Japan
ISBN978-4-15-041337-8 C0197

本書は活字が大きく読みやすい〈トールサイズ〉です。